De Cock en danse macabre

A.C. Baantjer

De Cock
en danse macabre

Fontein Paperback

Eerste druk 1991
Tiende druk 2001

ISBN 90 261 0427 8
© 1991 Uitgeverij De Fontein bv, Postbus 1, 3740 AA Baarn
Omslagfoto: Maran Olthoff
Omslag: Studio Combo

All rights reserved. No part of this publication may be reproduced or transmitted, in any form or by any means, without permission.

1

Rechercheur De Cock van het aloude politiebureau aan de Amsterdamse Warmoesstraat stond met zijn handen op zijn rug voor de beregende ruiten van de kale recherchekamer en blikte naar de glimmende daken van de smalle huisjes aan de overkant. Op het ritme van zijn hartslag wiegde hij zachtjes op de ballen van zijn voeten. Het zoete deinen bezorgde hem een vrolijk gevoel van onbekommerde blijheid.
Gedreven door een ongekende, en zeker voor de puriteinse ziel van de oude speurder vergaande, zorgeloosheid was hij horende doof en ziende blind voor de vele zaken, die in de uitpuilende laden van zijn bureau om zijn aandacht lagen te schreeuwen. Starend naar een rustige en gestaag vallende regen leek hem misdaad... in al zijn trieste varianten... opeens zo onwezenlijk... zo heel ver weg... alsof het niet bestond... alsof onze goede aardkloot door louter lieve en zeer deugdzame cherubijntjes werd bevolkt.
Hij draaide van het raam weg en sjokte naar zijn stoel achter zijn bureau. Daar liet hij zich in zakken en leunde behaaglijk achterover. Met een glimlach van vertedering om zijn lippen keek hij naar zijn jonge collega Vledder, die zijn smalle vingers razendsnel over de toetsen van zijn elektronische schrijfmachine liet dansen.
Sinds de altijd uiterst karige afdeling Voorzieningen van de Amsterdamse gemeentepolitie de gammele antieke Olympia bij hen had weggehaald en vervangen door een modern elektronisch apparaat, deed Vledder voor beiden al het schrijfwerk.
De oude rechercheur kon met dat nieuwe ding niet overweg. Hij had het wel even geprobeerd... aarzelend, sceptisch en met een grote dosis argwaan. Maar toen al bij de geringste aanraking de schrijfmachine brommend en grommend een geheel eigen leven scheen te gaan leiden en zijn stramme handen alleen nog maar woorden met grove spelfouten liet produceren, had hij het met een gebaar van afkeer opgegeven. Geavanceerde technieken waren aan De Cock niet besteed.
Vledder liet zijn rappe vingers even rusten. Over zijn schrijfmachine heen keek hij naar De Cock.
'Ik hoop, dat Mr. Medhuizen de behandeling van lasterlijke aan-

klachten* in het vervolg aan anderen opdraagt.' De jonge rechercheur zuchtte diep. 'Wat een werk zit hierin. Het wordt al met al een proces-verbaal als een boekwerk.'
De Cock grinnikte.
'Ik zal aan Wim Hazeu vragen of hij er belangstelling voor heeft.'
Vledder keek hem fronsend aan.
'Wie is Wim Hazeu?'
De Cock lachte.
'Directeur van de uitgeverij De Fontein in Baarn.'
'Ken jij die?'
De Cock knikte nadrukkelijk.
'Hij is vorige week bij mij thuis geweest. Een vriendelijke man met een rond hoofd en een bijna verlegen glimlach.'
Vledder keek hem niet-begrijpend aan.
'Wat kwam hij doen?'
De Cock grijnsde.
'Hij wil mijn memoires uitgeven.'
Vledder trok zijn neus iets op.
'Je... wat?'
De Cock keek hem verwonderd aan.
'Memoires... weet je niet wat dat zijn?'
Vledder snoof verachtelijk.
'Memoires... beroemde mensen schrijven hun memoires... generaals uit wereldoorlogen, beruchte staatslieden, filmsterren, presidenten.'
'En?'
'Wat bedoel je?'
De Cock spreidde zijn beide armen.
'Waarom zou ik na mijn pensionering geen memoires gaan schrijven?' riep hij verongelijkt.
Vledder gniffelde.
'Ben jij beroemd? Denk je nu werkelijk, dat iemand belangstelling heeft voor jouw levensgeschiedenis? Wat ben je... ik bedoel maatschappelijk gezien? Een simpele rechercheur... met een eindrang... zwaar leunend tegen zijn pensioen.'
De grijze speurder kneep zijn lippen op elkaar.
'Ik ben De Cock.'

* *Zie* De Cock en moord in beeld.

Vledder knikte toegeeflijk.
'Met ceeooceekaa.'
Het klonk spottend.
De oude rechercheur boog zich naar voren. Op zijn breed gezicht lag een milde glimlach.
'Die Wim Hazeu van De Fontein is niet gek,' reageerde hij vriendelijk. 'Als hij memoires van mij wil uitgeven, dan ziet hij daar wat in... voordeel, winst.' De grijze speurder strekte zijn hand naar Vledder uit. 'En eerlijk gezegd, het lijkt mij best een leuk idee om al die moeilijke en ingewikkelde zaken, die wij samen in het verleden hebben opgeknapt, eens in de openbaarheid te brengen.'
De jonge rechercheur maakte een afwerend gebaar.
'Moet jij weten,' riep hij knorrig. 'Als je mij er maar buiten houdt.'
De Cock negeerde de opmerking. Hij tikte met zijn wijsvinger op de achterzijde van de elektronische schrijfmachine.
'Voor wie schrijf jij in de regel al die keurige processen-verbaal?' vroeg hij ernstig.
Vledder keek hem niet-begrijpend aan.
'Voor het Openbaar Ministerie... voor Mr. Medhuizen, onze bloedeigen officier van justitie?'
De Cock knikte.
'Dit boekwerk van jou over onze 'moord in beeld' zal hij wel moeten lezen, omdat hij een strafzaak tegen een drievoudige moordenaar moeilijk kan seponeren. Maar verder...'
'Wat verder?'
'Verder leest die man vermoedelijk niets van wat jij schrijft. Al zou hij het willen... hij komt er eenvoudig niet toe. De huidige officieren van justitie worden vrijwel letterlijk onder de dossiers begraven.' De grijze speurder trok zijn kin iets op. 'Weet je waar de meeste van jouw prachtige werkstukken... waar je zo je best op hebt gedaan... belanden? Op de muffe stoffige archiefzolder van het paleis van justitie... en niemand kijkt er ooit meer naar om.'
'En daar erger jij je aan?'
De Cock knikte nadrukkelijk.
'Zeker. En elk verstandig mens zal zich er aan ergeren als hem wordt opgedragen zinloos werk te doen.'
Vledder keek hem grijnzend aan.
'En daarom wil jij je memoires uitgeven?'
De Cock tuitte zijn lippen.

'Waarom,' antwoordde hij bedachtzaam, 'zouden wij het publiek niet eens vertellen, dat de schuld van de geweldige stijgingen van de criminaliteit niet primair bij de politie ligt, maar dat het Openbaar Ministerie gewoon niet in staat is om het grote werkaanbod dat de politie levert, te verwerken?'
'En dacht je dat het publiek dat interesseert?'
De Cock knikte overtuigend.
'Het werk van de politie is het enige werk, waar iedereen verstand van heeft... althans waar iedereen een persoonlijke mening over heeft.'
Er werd op de deur van de grote recherchekamer geklopt en Vledder riep: 'Binnen.'
De deur ging langzaam open en op de drempel verscheen de gestalte van een jonge vrouw. De Cock schatte haar op rond de vijfentwintig jaar. Ze droeg een glimmend zwarte laklederen regenmantel, waarvan het water op de vloer drupte. Ze nam behoedzaam haar regenhoedje af en een weelde van lang blond haar golfde over haar schouders. Langzaam, licht heupwiegend, een modieus beugeltasje zwengelend aan haar rechterhand, zweefde ze naderbij.
De Cock hield zijn adem in. Ze was mooi, vond hij, uitzonderlijk mooi. Het goudblonde haar gaf aan de lichtbruine teint van haar gelaat een extra accent. Als betoverd kwam hij uit zijn stoel overeind en bleef naar haar staren tot ze dicht bij hem stond.
Ze hield haar hoofd iets schuin en haar lange blonde haren waaierden mee. 'Mag ik even met u praten?'
Haar stem had een zoet donker timbre.
De Cock slikte.
'Als... eh, als u daar behoefte aan hebt,' antwoordde hij beverig.
Ze trok haar linkerwenkbrauw iets omhoog.
'U bent toch rechercheur De Cock?'
De grijze speurder knikte.
'Met ceeooceekaa,' reageerde hij haast automatisch.
Om haar lippen zweefde een glimlach.
'De enige echte... hoor ik.'
De Cock drukte zijn ogen even dicht en onttrok zich aan haar betovering. Daarna wees hij uitnodigend naar de stoel naast zijn bureau.
'Neemt u plaats,' sprak hij vriendelijk. 'En zeg mij, waarmee ik u van dienst kan zijn?'

Ze knoopte haar lakjas los, ging zitten en sloeg haar lange benen over elkaar. Daarna schikte ze nog iets aan haar blouse en keek op.
'Mijn naam is Ellen,' sprak ze zacht. 'Ellen van Zoelen. Ik ben vierentwintig jaar, ongehuwd, woon in Amersfoort aan de Prins Frederiklaan en werk als directie-secretaresse bij een handelsmaatschappij in Utrecht.' Ze zweeg even en ademde diep. 'Ik heb lang geaarzeld, voordat ik besloot om naar u toe te komen. Vrienden van mij zeiden, dat u mogelijk de enige rechercheur was, die bereid zou zijn om naar mijn verhaal te luisteren.'
De Cock liet zich in zijn stoel zakken.
'Ik ken uw vrienden niet,' sprak hij vrolijk lachend, 'maar ik vind hun opvattingen rijkelijk overdreven. Rechercheurs zijn van nature goed in het luisteren... daarin vorm ik beslist geen uitzondering. U had zich een reis naar Amsterdam kunnen besparen en zich kunnen wenden tot een van mijn collega's in Amersfoort... uw woonplaats.'
Ellen van Zoelen schudde haar hoofd.
'Ik heb in Amersfoort niets te zoeken,' reageerde ze bits. 'Als er iets is gebeurd, dan gebeurde het in Amsterdam.'
De Cock glimlachte beminnelijk.
'U maakt mij nieuwsgierig.'
'Mijn oom Zadok van Zoelen, oudste broer van mijn vader, woonde hier in Amsterdam aan de Keizersgracht, dicht bij de Prinsenstraat. Als kind logeerde ik vaak bij hem. Toen leefde mijn tante nog. Ik moet tot mijn schande bekennen, dat ik na de dood van tante Sophie, nu vijf jaar geleden, niet meer naar mijn oom heb omgekeken. Ik kwam er gewoon niet toe. Met tante Sophie kon ik goed overweg. Ik heb als kind veel plezier aan haar beleefd. Ze was lief en op een prettige manier ouderwets. Maar oom Zadok was een wat knorrige man met in feite slechts één interesse... oud zilver.'
De Cock grinnikte oneerbiedig. 'Oud zilver?'
Ellen van Zoelen knikte.
'Oom Zadok had een prachtige verzameling oude zilveren gebruiksvoorwerpen en was steeds op pad om die verzameling uit te breiden. Dat oude zilver was voor hem een obsessie. Wanneer ik als kind belangstelling voor zijn verzameling toonde, was hij plotseling een andere man. Dan legde hij mij geduldig en vol liefde uit waarom hij bijvoorbeeld het reliëf op een brandewijnkom uit zijn collectie zo mooi vond.'

De Cock schoof zijn onderlip vooruit.
'Wat is een brandewijnkom?'
Op het gezicht van Ellen verscheen een glimlach.
'Een zilveren kommetje voorzien van twee horizontale oren. Ze werden vroeger in Friesland gebruikt voor het ronddienen van een drank van brandewijn en rozijnen... de boerenjongens.'
De Cock gebaarde in haar richting.
'U hebt de liefde voor het oude zilver niet van uw oom overgenomen?'
Ellen van Zoelen schudde haar hoofd.
'Ik heb wel van oom Zadok geleerd hoe ik naar oude zilveren gebruiksvoorwerpen moet kijken... naar de aard van het filigrain, de cannetille, het ciseleerwerk... de gebruikte gehaltemerken. Maar zijn passie... zijn ongebreidelde verzamellust... mis ik.'
Ze zweeg.
De Cock keek de jonge vrouw voor zich enige seconden onderzoekend aan. Zijn scherpe blik gleed langs haar fraaie, bijna uitbundige vormen... bezag de lijnen van haar zinnelijke mond. Het woord 'passie' bracht een ondeugende vraag naar zijn lippen, maar hij bedwong zich.
Hij boog zich iets naar haar toe.
'Ik ben nog steeds bereid om naar uw verhaal te luisteren,' sprak hij bemoedigend.
Ellen van Zoelen verschoof iets op haar stoel.
'Dit is mijn verhaal.'
De Cock keek haar niet-begrijpend aan.
'Over uw oom Zadok en zijn verzameling oud zilver?'
In zijn stem trilde ongeloof.
Ellen van Zoelen knikte.
'Die verzameling is uit het huis van mijn oom aan de Keizersgracht verdwenen... volledig... van de grote machtige gildebokalen tot aan de kleinste loddereindoosjes... alles weg.'
De Cock reageerde wat verward.
'Gestolen?'
Ellen van Zoelen trok haar schouders op.
'Dat vermoed ik... hoewel ik daarover geen enkele zekerheid heb.'
'Sporen van braak... verbreking?'
'Die heb ik niet aangetroffen.'
De Cock spreidde zijn beide handen.

'Wat zegt uw oom Zadok ervan?'
Ellen van Zoelen schudde haar hoofd.
'Oom Zadok zegt niets meer... oom Zadok is dood.'
De Cock keek haar verbijsterd aan.
'Vermoord?'
Om de volle, fraai gevormde lippen van de jonge vrouw gleed een moede glimlach.
'Hij stierf aan een hartverlamming.'

2

Op het brede gezicht van De Cock lag een uitdrukking van opperste verbazing.
'Een gewone hartverlamming?'
'Ja.'
'Een natuurlijke dood?'
Ellen van Zoelen keek bevreemd naar hem op.
'Is daar iets vreemds aan?'
De directe vraag van de jonge vrouw bracht De Cock onmiddellijk tot bezinning. Van schaamte liet hij zijn grijze hoofd iets zakken.
'Noem het van mij een afwijking,' sprak hij zacht, verontschuldigend. 'Een pure beroepsdeformatie. Maar wanneer men, als rechercheur aan de Warmoesstraat, een leven lang in de misdaad heeft vertoefd... is gewoon sterven bijna abnormaal.' Hij hield zijn hoofd iets schuin. 'U was erbij?'
'Waarbij?'
'Het moment van zijn sterven.'
Ellen van Zoelen schudde haar hoofd.
'Ik ben niet eens op de begrafenis van oom Zadok geweest.'
De Cock reageerde verrast.
'Waarom niet?'
Ellen van Zoelen trok haar schouders op.
'Ik wist het niet. Men heeft eenvoudig vergeten mij in te lichten.'
'Wie is "men"?'
'Neef Wladimir... Wladimir Wiardibotjov. Hij heeft, voor zover ik weet, alles geregeld... het opbaren, de begrafenis.'
'En die neef woont in Amsterdam?'
Ellen van Zoelen haalde weer haar schouders op.
'Dat neem ik aan,' antwoordde ze voorzichtig. 'Volgens mij woont hij nog steeds bij zijn oude moeder aan de Bernard Zweerskade 1317.'
De Cock fronste zijn wenkbrauwen.
'Vreemde naam... Wladimir Wiardibotjov?'
Ellen van Zoelen knikte.
'Enige zoon van mijn tante Rachel. Zij was met een Pool getrouwd.'
De Cock gebaarde in haar richting.
'Opzet?'

'Wat bedoelt u?'
'Dat neef Wladimir u niet op de hoogte bracht van het overlijden en nadien van het begraven van oom Zadok?'
Ellen van Zoelen streek met gespreide vingers door haar blonde haren.
'Wij... eh, wij onderhielden geen contacten... neef Wladimir en ik.'
De Cock keek haar onderzoekend aan.
'Een vete?'
Ze schudde haar hoofd.
'Er werd in de familie nooit over tante Rachel en haar zoon Wladimir gesproken. Ze werden doodgezwegen... alsof ze niet bestonden. Ik denk, dat de familie nooit heeft willen accepteren, dat tante Rachel met die Pool was getrouwd.'
De Cock veranderde van onderwerp.
'Hoe kwam u op de hoogte van het feit, dat oom Zadok gestorven was?'
'Door een notaris... notaris Van Schelfhout uit Amsterdam. Hij ontbood mij een paar dagen geleden op zijn kantoor aan de Willemsparkweg en vertelde mij, dat ik blijkens een testament... dat al werd opgemaakt toen tante Sophie nog leefde... de enige erfgenaam was van oom Zadok.'
'Neef Wladimir krijgt niets?'
'Nee.'
'U wist van dat testament?'
'Tante Sophie en oom Zadok hadden geen kinderen. Ze maakten met mij weleens grapjes over de erfenis. Maar ik heb dat nooit zo serieus genomen.' Ze zweeg even. Om haar mond speelde een trieste glimlach. 'Als ik van dat testament had geweten... misschien had ik dan de laatste jaren van zijn leven wat meer aandacht aan oom Zadok besteed.'
De Cock monsterde de uitdrukking op haar gezicht.
'Berouw?'
Ellen van Zoelen liet haar hoofd iets zakken.
'Een beetje wroeging... ja.'
'Merkte u direct, dat de zilververzameling van uw oom was verdwenen?'
Ze knikte.
'Al vrij snel. Toen ik weer in dat huis aan de Keizersgracht kwam,

stormden de herinneringen uit mijn jeugd op mij af. Ik ging vrijwel onmiddellijk op zoek naar dat zilveren brandewijnkommetje, waarvan ik u vertelde. Oom Zadok was aan dat kommetje bijzonder gehecht en bewaarde het op een bepaalde plek in de huiskamer.'
'Het was er niet?'
Ellen van Zoelen schudde haar hoofd.
'Nergens te bekennen. Ik ontdekte toen algauw, dat de gehele verzameling antieke zilverstukken van oom Zadok was verdwenen.'
De Cock boog zich iets naar haar toe.
'Verkeerde oom Zadok kort voor zijn dood in financiële moeilijkheden?'
Ellen van Zoelen gebaarde afwerend.
'Integendeel. Oom Zadok bezat een groot vermogen... een vermogen, dat na aftrek van successierechten geheel aan mij toekomt. Als ik geen gekke dingen doe, ben ik voor de rest van mijn leven geborgen.' Ze spreidde zuchtend haar beide handen. 'Begrijpt u... dat is ook de reden, waarom ik zo lang heb geaarzeld om met u over het verdwijnen van die zilververzameling te spreken. Ik vond het wat gênant... alsof ik in mijn hebberigheid alles wilde bezitten.'
De Cock knikte traag voor zich uit.
'U dacht aan neef Wladimir, die niets kreeg.'
'Precies.'
Er verscheen een denkrimpel in zijn voorhoofd.
'Wat bracht u ertoe om er toch met mij over te komen praten?'
Ellen van Zoelen antwoordde niet direct. Ze draaide haar hoofd iets weg. Met haar beide handen in haar schoot staarde ze enige tijd dromerig voor zich uit.
'Oom Zadok,' antwoordde ze zacht, 'had een antiek houten cilinderbureau met tal van kastjes, vakken en geheime laatjes. Het stond op zijn kantoor op de eerste etage.'
Er gleed een glimlach over haar gezicht. 'Als kind vond ik het al spannend om in al die kastjes, vakken en laatjes te snuffelen om te zien wat er in zat. Oom Zadok vond dat best.'
Ze zweeg even. Nadenkend.
'Toen ik een paar dagen geleden in dat oude huis aan de Keizersgracht voor dat antieke houten cilinderbureau stond, kon ik ineens mijn nieuwsgierigheid niet bedwingen. Precies zoals ik als kind deed, begon ik in vakken en laden te snuffelen.'
Ellen van Zoelen zweeg opnieuw. Ze bukte naar haar modieuze

beugeltasje, dat zij op de vloer tegen een poot van haar stoel had gezet en tilde het op haar schoot. Met nerveuze bewegingen knipte ze de beugel open en nam er een briefje uit.
'Dit,' sprak ze hees, 'vond ik in een piepklein geheim laatje.'
De oude rechercheur nam het briefje van haar aan en vouwde het open.
'Lieve Ellen,' las hij hardop, 'zorg goed voor mijn antieke zilververzameling. Ik heb er een lang en zorgzaam leven aan gewijd. Door jouw erfdeel zul je financieel in staat zijn om de verzameling mogelijk uit te breiden en in onze familie te houden. Vooral dat laatste vind ik uit sentimentele overwegingen belangrijk.
Je oom Zadok.
P.S. En denk vooral niet te gauw, dat ik dood ben.'

De Cock staarde nadenkend voor zich uit. De mooie Ellen van Zoelen was vertrokken, maar de zoete geur van haar parfum zweefde nog om hem heen, kleefde aan het vreemde briefje, dat voor hem op zijn bureau lag. 'P.S.' dreunde het door zijn hoofd, 'En denk vooral niet te gauw, dat ik dood ben.'
De grijze speurder trok zijn linkerschouder iets op en vroeg zich ernstig af welke betekenis hij aan die paar woorden moest hechten. Wanneer en vooral waarom had de oude Zadok van Zoelen dat vreemde briefje geschreven... en nooit verzonden? Gebeurde dat in een opwelling... een plotselinge opwelling in een moment van nostalgie en sentiment?
Vledder kwam van achter zijn bureau vandaan, schoof een stoel bij en ging er naast De Cock omgekeerd op zitten. Hij wees naar het briefje.
'Je bent toch, hoop ik, niet van plan om daar iets aan te doen?'
De Cock keek naar hem op.
'Waarom niet?'
Vledder grijnsde.
'Dat betekent toch niets... En-je-moet-niet-te gauw-denken-dat-ik-dood-ben? Ik bedoel... je moet daar geen mysteries achter zoeken.'
'Niet?'
Vledder schudde zijn hoofd.
'Oom Zadok heeft op een zeker moment aan zijn nicht Ellen duidelijk willen maken, dat ze hem niet langer moest verwaarlozen, dat zij hem niet te gauw als "dood" moest beschouwen.'

De Cock glimlachte.
'Dat is een heel acceptabele uitleg,' sprak hij bewonderend. 'Blijft toch, dat die zilververzameling is verdwenen.'
Vledder zuchtte omstandig.
'Wat wil je daar nu mee doen?' vroeg hij niet-begrijpend. 'Oom Zadok kan zijn zilververzameling al wel lang geleden hebben verkwanseld, verkocht, aan iemand cadeau gedaan.'
De Cock trok een bedenkelijk gezicht.
'Je hebt het van Ellen gehoord... oom Zadok verkeerde niet in financiële moeilijkheden. Er bestond voor hem geen enkele noodzaak om zich van zijn zilververzameling te ontdoen.'
Vledder gebaarde wanhopig.
'Wat weten wij van die oom Zadok?' riep hij fel, geëmotioneerd. 'Nicht Ellen van Zoelen, die nu plotseling al zijn bezittingen erft, heeft in vijf jaar niet naar hem omgekeken.' De jonge rechercheur zwaaide met zijn armen. 'Misschien was er in de laatste jaren van zijn leven iemand, die wel naar hem omkeek... iemand, die wel belangstelling voor hem toonde en die hij uit gevoelens van dankbaarheid zijn kostbare zilververzameling heeft geschonken!'
De Cock strekte zijn wijsvinger naar hem uit.
'Je wilt zeggen, dat er nog geen sprake van misdrijf behoeft te zijn?'
Vledder knikte instemmend.
'Precies. Het is geen zaak voor ons. Laat die Ellen van Zoelen... als ze daar zin in heeft... zelf maar uitzoeken waar de zilververzameling van haar oom Zadok is gebleven.'
De Cock gebaarde voor zich uit.
'Dat briefje heeft haar op haar verantwoordelijkheid gewezen.'
'Je bedoelt... ten aanzien van het behoud van die zilververzameling in de familie?'
'Ja.'
Vledder snoof.
'Laat ze die verantwoordelijkheid dan ook zelf dragen en er ons niet mee opzadelen.'
Het klonk agressief.
De Cock keek zijn jonge collega enige seconden nadenkend aan. Toen kwam hij uit zijn stoel overeind en slenterde naar de kapstok.
Vledder kwam hem na.
'Waar ga je heen?'

De oude rechercheur antwoordde niet. Hij schoof zijn vilten hoedje over zijn grijze haardos en wurmde zich in zijn regenjas.
Vledder pakte hem bij zijn arm vast.
'Waar ga je heen?' herhaalde hij.
De Cock grijnsde.
'Neef Wladimir vragen waarom hij vergat, dat hij een nicht had.'

Ze verlieten in hun nieuwe Golf de steiger achter het politiebureau. Vanaf de Oudebrugsteeg reden ze naar het Damrak. Het regende nog steeds, kalm, gestaag en zo nadrukkelijk, dat het leek alsof het verder in Amsterdam eeuwig zou blijven regenen.
De Cock keek naar het brede trottoir, de mensen in plastic en de felgekleurde lichtreclames, spiegelend in het natte asfalt.
Vledder zat mokkend naast hem achter het stuur. De jonge rechercheur begreep niet, waarom De Cock het vele werk in de laden van zijn bureau liet liggen om achter een zaak van niets aan te gaan. Want, dat was het in zijn ogen... een zaak van niets... een erfeniskwestie, waarmee de recherche, zo meende hij, zich niet diende te bemoeien.
Bernard Zweerskade 1317 bleek een statig oud pand, herinnerend aan een tijd van vergane glorie, toen Amsterdam-Zuid nog de plek was, waar de beter gesitueerde Amsterdammers woonden.
De Cock bezag het zwaar gehavende ovale naambordje met 'W. Wiardibotjov' in zwarte emaille letters op een wit vlak en drukte op de bel.
Na luttele minuten werd de deur geopend door een jongeman in een zwarte slobbertrui met een col en een vale spijkerbroek met bleekvlekken. Zijn donkere ogen onder een verwilderde haardos keken argwanend van De Cock naar Vledder en weer terug.
De grijze speurder maakte een lichte buiging en nam beleefd zijn hoedje af.
'Mijn naam is De Cock,' sprak hij vriendelijk. 'De Cock met ceeooceekaa.' Hij duimde opzij. 'Dat is mijn collega Vledder. Wij zijn rechercheurs van het politiebureau aan de Warmoesstraat.'
De argwanende blik in de ogen van de jongeman bleef.
'Rechercheurs?'
De Cock knikte.
'U bent Wladimir Wiardibotjov?'
'Inderdaad.'

'Wij wilden even met u praten... iets vragen over... eh, over de dood van uw oom Zadok.'
Wladimir Wiardibotjov fronste zijn wenkbrauwen. Even leek hij besluiteloos. Toen deed hij de deur verder open en zwaaide uitnodigend.
'Komt u verder.'
De jongeman ging de beide rechercheurs voor door een lange gang naar een ruime zitkamer, waarin centraal een kale rechthoekige tafel stond, met daaromheen stoelen, bekleed met half versleten en rafelig groen gobelin.
Iets van de tafel af, in een stoel met een hoge rugleuning, zat een oude vrouw. Haar beide voeten steunden op een krukje.
Wladimir Wiardibotjov gebaarde in haar richting.
'Mijn oude moeder.' In zijn stem trilde tederheid. 'Ze is doof. Het heeft geen zin om haar aan u voor te stellen. Later... als u straks weg bent, leg ik haar alles wel uit.'
De Cock schonk de oude vrouw een milde glimlach. Daarna nam hij aan tafel plaats en legde zijn oude hoedje naast zich op het parket.
Wladimir Wiardibotjov ging tegenover hem zitten.
'Ik begrijp niet wat u mij nog hebt te vragen,' sprak hij met enige verwondering. 'Ik heb de politie al uitvoerig ingelicht.'
'Wanneer?'
'Toen ik hem vond.'
De Cock kneep zijn ogen half dicht.
'U vond oom Zadok?'
Wladimir Wiardibotjov knikte.
'Ik had eerst gebeld. Een paar maal... steeds langduriger, maar niemand in huis reageerde. Toen ik aan de buitendeur voelde, bleek mij, dat die niet was vergrendeld... niet op slot. Ik ben naar binnen gegaan en vond oom Zadok beneden in zijn woonkamer.'
'Dood?'
Wladimir Wiardibotjov knikte vaag.
'Ik heb toen onmiddellijk de politie gebeld. Die was er in enkele minuten... twee agenten in een wagentje. Ze waren heel vriendelijk. We hebben samen gewacht op een dokter van de gemeentelijke geneeskundige dienst voor de lijkschouw. Toen die zei dat oom Zadok aan een hartverlamming was overleden, hebben de agenten een verklaring van mij opgenomen en mocht ik gaan.'
De Cock keek hem strak aan.

'Waarom belde u onmiddellijk de politie... dacht u aan een misdrijf?'
Wladimir Wiardibotjov gebaarde wat voor zich uit.
'Ik vond, dat hij er zo vreemd bij lag.'
'Hoezo... vreemd?'
Wladimir Wiardibotjov grijnsde.
'In een mallotige maillot.'
'Een mallotige maillot?'
Wladimir Wiardibotjov glimlachte.
'Het was een gewone maillot, maar hij stond die oude man zo mallotig. Met zijn korte dunne spillebeentjes en zijn gezwollen buik in een strakke maillot... het was een belachelijk gezicht.'
'En zo vond u hem?'
Wladimir Wiardibotjov knikte.
'In zijn woonkamer... liggend op zijn rug en zijn armen gespreid... alsof hij daar zo was neergevallen.'
'Vredig?'
'Zeker.'
'Was oom Zadok erg oud toen hij stierf?'
Wladimir Wiardibotjov schudde zijn hoofd.
'Hij is drieënzestig jaar geworden.'
De Cock schoof zijn onderlip vooruit.
'Jong... de mensen worden tegenwoordig aanmerkelijk ouder.'
Wladimir Wiardibotjov knikte instemmend.
'Oom Zadok van Zoelen leed al jaren aan een zwak hart. Hij had al een paar maal een ernstige waarschuwing gehad. Drie maanden geleden is hij nog een paar dagen in het AMC-ziekenhuis opgenomen geweest. Doktoren hadden hem ook aangeraden om wat kalm aan te doen, maar ik geloof niet, dat oom Zadok zich daar veel van aan trok. Hij sjouwde nog bijna dagelijks allerlei antiekveilingen af om te zien of hij ergens een fraai stukje zilver kon bemachtigen.'
De Cock keek de jongeman onderzoekend aan.
'Was... eh, was dat zijn... eh, zijn hobby... het verzamelen van antiek zilver?' vroeg hij overbodig.
Wladimir Wiardibotjov grinnikte.
'Hobby? Hij was er van bezeten. Antiek zilver was het enige onderwerp dat hem interesseerde... waarover je met hem praten kon.'
De Cock gebaarde voor zich uit.
'U had regelmatig contact met hem?'

Wladimir Wiardibotjov schudde zijn hoofd.
'Niet regelmatig. Ongeveer een jaar geleden heb ik voor het eerst de stoute schoenen aangetrokken om hem te bezoeken. Ik had oom Zadok voordien nooit ontmoet.'
Op het gezicht van de jongeman kwam een verbeten trek. 'Mijn moeder is een echte Van Zoelen... oudste zuster van oom Zadok. Maar niemand van de familie heeft ooit naar haar omgekeken... ook niet nadat mijn vader was gestorven en moeder met mij onbemiddeld achterbleef.' Wladimir Wiardibotjov zweeg even. Grinnikte daarna vreugdeloos. 'Men vond, dat ze beneden haar stand was getrouwd... of zoiets. Ik weet bij benadering niet wat er in het verleden is voorgevallen. Niemand heeft mij dat ooit willen vertellen... zelfs mijn moeder niet.'
De Cock plukte aan zijn onderlip.
'Wat gebeurde er een jaar geleden... ik bedoel: die stoute schoenen, die u aantrok?'
Wladimir Wiardibotjov boog zijn hoofd.
'Ik had een goede baan, maar de gezondheid van moeder ging zienderogen achteruit. Ik durfde haar op het laatst niet meer alleen thuis te laten. Ik heb toen uit ellende mijn baan opgezegd.'
De Cock spreidde zijn handen.
'Kon u haar niet in een ziekenhuis laten opnemen... of in een inrichting voor bejaarden?'
Wladimir Wiardibotjov schudde bedroefd zijn hoofd.
'Ik heb alle instanties afgelopen, die ik maar kon bedenken. En telkens had men bezwaren. Ze was of niet oud... of niet ziek genoeg. Maar nergens had men een plaats voor haar. We hebben hier in Nederland prachtige sociale voorzieningen, maar een mens moet niet oud worden... en ziek. Toen ik weer eens nul op mijn request had gekregen en op weg was naar huis, sloeg ik mijzelf tegen mijn hoofd en zei: Wladimir... zoon van een trotse vader... wat ben je nu aan het doen... loop je met de ziel van je oude moeder te leuren?'
'En toen?'
De jongeman slikte een brok uit zijn keel weg.
'Toen besloot ik om mijn pogingen te staken en haar bij mij te houden... zolang tot het Onze Lieve Heer behaagt om haar bij mij weg te halen.'
De Cock trok zijn wenkbrauwen samen.
'Kon u dat financieel aan?'

Wladimir Wiardibotjov zuchtte.
'Ik heb het lang volgehouden, maar uiteindelijk raakte ik in de knoop... de schulden liepen op en ik zag geen uitkomst meer.'
De Cock knikte begrijpend.
'Toen besloot u oom Zadok van Zoelen eens met een bezoek te vereren.'
Wladimir Wiardibotjov gebaarde triest voor zich uit.
'Ik ben naar hem toe gegaan en heb hem onze situatie uiteengezet. Hij was welwillend, luisterde geduldig. Ik heb toen wat geld van hem gekregen... minder, veel minder dan hij jaarlijks aan zijn verzameling oud zilver uitgaf.'
Het klonk bitter.
'En die bezoeken hebt u nadien herhaald?'
Wladimir Wiardibotjov knikte.
'Ik zeg het u eerlijk... gewoon om te bietsen en te schooieren.'
De Cock kauwde nadenkend op zijn onderlip.
'Kent u Ellen van Zoelen?'
Wladimir Wiardibotjov schudde zijn hoofd.
'Wie is dat?'
'Uw nicht... ze erft het gehele vermogen van oom Zadok... plus zijn waardevolle antieke zilververzameling.'
Om de mond van Wladimir Wiardibotjov zweefde een grijns.
'Het is oneerlijk, maar ik had iets dergelijks van oom Zadok wel verwacht.'
De Cock keek de jongeman strak aan.
'Die zilververzameling is verdwenen.'
Wladimir Wiardibotjov reageerde verrast.
'Verdwenen?'
De Cock knikte.
'Compleet.'
De mond van Wladimir Wiardibotjov viel half open.
'Dat kan niet. Ik bedoel... oom Zadok van Zoelen heeft mij zijn gehele verzameling oud zilver nog een maand voor zijn dood laten zien.'

3

Ze reden via de Apollolaan, de Churchilllaan, de Vrijheidslaan en de Berlagebrug terug naar de binnenstad. Het regende nog steeds. De ruitewissers van de Golf zwiepten heen en weer. Om aan de kracht van hun magische hypnose te ontkomen, liet De Cock zich, na een korte worsteling met zijn autogordels, ver onderuitzakken. Vledder blikte van opzij op hem neer.
'Ga je er echt mee door?'
'Waarmee?'
'Het onderzoek naar die verdwenen verzameling oud antiek zilver.'
De Cock knikte traag.
'Je moet morgenochtend maar eens zien uit te vissen welke dokter van de geneeskundige dienst bij Zadok van Zoelen de doodschouw heeft verricht. De hele affaire zal wel nooit bij de recherche terecht zijn gekomen, maar de beide dienders, die bij de lijkvinding aanwezig waren, zullen daarvan zeker een rapport hebben opgemaakt. Misschien staan in dat rapport wel bijzonderheden, die wij voor ons onderzoek kunnen gebruiken.'
Vledder schudde zijn hoofd.
'Waarom wil je weten welke dokter de doodschouw heeft verricht?' vroeg hij met hoorbare vertwijfeling. 'Dat is toch niet belangrijk? Die oom Zadok stierf een natuurlijke dood.'
De Cock knikte.
'In een mallotige maillot.'
Vledder wond zich zichtbaar op.
'Mag iemand in een maillot sterven?' reageerde hij ongewoon fel.
'Desnoods een mallotige maillot... als hij daar zin in heeft?'
De Cock trok rimpels in zijn voorhoofd.
'Het is nog maar de vraag of oom Zadok er zin in had om te sterven.'
Vledder liet even het stuur van de Golf los en en sloeg zijn handen voor zijn gezicht.
'De Cock,' riep hij verbijsterd, 'je bent een onmogelijke kerel. Oom Zadok had een zwak hart... en dat zwakke hart vond het op een zeker moment genoeg... had er geen zin meer in om verder te kloppen... begrijp je... het ging stilstaan en daar kunnen sterfelijke mensen niet zo best tegen... ook oom Zadok niet.'

De Cock negeerde de cynische uitleg van zijn jonge collega. Hij keek schuin omhoog.
'Wat vond je van Wladimir Wiardibotjov?' veranderde hij van onderwerp.
Vledder trok zijn schouders op.
'Men mag iemand niet op zijn uiterlijk beoordelen,' antwoordde hij brommend, 'maar hij zag er onfris en onverzorgd uit.'
De Cock knikte instemmend.
'Je moet bedenken,' sprak hij vergoelijkend, 'dat hij met weinig financiële middelen een oude, zieke en dove moeder moet verzorgen.'
Vledder grijnsde.
'Doof?' riep hij uit. 'Ik heb tijdens het gesprek, dat jij met haar zoon Wladimir had, goed op haar gelet. Volgens mij is dat oude mens helemaal niet doof. Ik kreeg sterk de indruk, dat ze alles wat er werd gezegd woordelijk volgde. Toen we van hen weggingen, heb ik werkelijk een moment in tweestrijd gestaan of ik achter de rug van haar stoel nog even snel 'boe' zou roepen om te zien hoe ze daarop reageerde.'
De Cock lachte vrijuit.
'Misschien krijg je die kans nog eens.'
Voorzichtig manoeuvrerend parkeerde Vledder hun nieuwe politie-Golf op de gladde houten steiger boven het water van het Damrak. De beide rechercheurs stapten uit en slenterden via de Oudebrugsteeg terug naar de Warmoesstraat. Het was er druk, ondanks de nog steeds gestaag vallende regen. Toen ze de hal van het bureau binnenstapten, wenkte Jan Kusters hen van achter de balie.
De Cock liep op hem toe.
'Wat heb je op je lever?'
De wachtcommandant schudde zijn hoofd.
'Ik heb niets op mijn lever.' Hij wees brommend omhoog.
'Er zit boven een man op je te wachten.'
'Iemand van hier uit de buurt?'
Jan Kusters trok zijn schouders op.
'Ik ken hem niet,' sprak hij weifelend. 'Een heer... een deftige grijze nestor... vrij oud... van jouw leeftijd, schat ik.'
De Cock maakte een grimas.
'Leuk.'
Jan Kusters lachte.

'Ik wist niet, dat jij zo gevoelig was.'
'Naam?'
'Heb ik niet naar gevraagd.'
De Cock draaide zich om, liep naar de trap en klom, voor een vrij oude man opmerkelijk kwiek, omhoog. Vledder volgde.
Op de bank op de tweede etage zat een heer in een lange groene loden jas en met een jagershoedje op met een pluim. Met beide handen steunde hij op een wandelstok, die hij tussen zijn knieën had geklemd. Toen hij de rechercheurs in het oog kreeg, kwam hij snel overeind en bleef martiaal kaarsrecht staan tot ze hem waren genaderd. Zijn wandelstok hield hij als een geweer bij zijn rechtervoet.
Hij keek de grijze speurder scherp aan.
'Heer De Cock?'
De oude rechercheur knikte.
'Met ceeooceekaa... om u te dienen.'
De heer maakte een korte stijve buiging.
'Mijn naam is Franciscus... Franciscus Froombosch. Ik heb op uw komst gewacht.'
De Cock glimlachte.
'Dat is heel attent van u,' sprak hij vriendelijk. 'Ik hoop, dat het niet te lang heeft geduurd.' De grijze speurder ging de heer voor naar de grote recherchekamer en liet hem op de stoel naast zijn bureau plaats nemen. Tot zijn verwondering gebruikte hij zijn wandelstok niet om er op te steunen.
De Cock trok zijn wenkbrauwen iets op.
'U bent slecht ter been?'
Franciscus Froombosch schudde resoluut zijn hoofd. Hij hield zijn wandelstok schuin voor zich uit.
'Dit lijkt op een wandelstok en men kan hem uiteraard ook als zodanig gebruiken, maar het is geen wandelstok... het is een ouderwetse degenstok... nog van mijn grootvader geërfd.' De heer drukte iets onder het handvat op een knopje en in een flitsende beweging verscheen uit het inwendige van de wandelstok een vlijmscherpe stalen kling.
De Cock schudde verwijtend zijn hoofd.
'Zo'n degenstok mag u op de openbare weg niet dragen. Dat is bij de wet verboden.'
Franciscus Froombosch grinnikte.

'Er is zoveel bij de wet verboden,' sprak hij achteloos. 'Maar ik voel er nu eenmaal niets voor om 's avonds ongewapend door de Amsterdamse binnenstad te lopen.' Hij schoof de scherpe stalen kling weer zorgvuldig in het inwendige van de degenstok. 'En als het nodig is maak ik er gebruik van.'
De Cock liet het onderwerp degenstok rusten. Hij was niet van plan om de heer zijn geheime wapen af te nemen.
'Hoe komt u aan mijn naam?'
'Van Ellen.'
'Ellen van Zoelen?'
Franciscus Froombosch knikte.
'Ze had tussen de papieren van haar overleden oom Zadok van Zoelen mijn naam, adres en telefoonnummer gevonden. Ook een korte briefwisseling tussen hem en mij over een zilveren kandeelkom, die ik in mijn bezit had. Die Ellen belde mij vanavond op en vroeg mij of ik haar oom Zadok goed had gekend en welke relatie ik met hem had.'
'En... welke relatie had u met hem?'
Franciscus Froombosch gebaarde voor zich uit.
'We ontmoetten elkaar vaak op kunstveilingen. Hij was geïnteresseerd in oude zilveren gebruiksvoorwerpen en ik in netsukes.'
De Cock keek verrast op.
'In wat?'
Franciscus Froombosch lachte.
'Netsukes. Een netsuke,' legde hij geduldig uit, 'is een klein, kunstig snijwerkje, een sculptuur... vaak een dierfiguur, maar ook goden en demonen komen voor.
Een netsuke werd in vroeger tijden door de Japanners gebruikt als afsluiting van een koord, waaraan ze allerlei voorwerpen droegen... tabakszak, geldbuidel, snuif- en medicijndozen. Ze zijn er van edelhout of ivoor, maar ook van jade en koraal. Vooral oude netsukes, die uit de veertiende en vijftiende eeuw stammen, de Ashikagaperiode, zijn zeer kostbaar... een ton en meer. Ik schat mijn eigen verzameling netsukes toch zeker op anderhalf miljoen.'
De Cock floot tussen zijn tanden.
'Dat is nogal wat,' reageerde hij onthutst.
Franciscus Froombosch knikte.
'Ik zou u graag nog veel meer over de netzuke willen vertellen. U moet bij mij thuis maar eens komen kijken. Dan kan ik u verschil-

lende fraaie modellen laten zien... subtiele kunstwerkjes, met liefde en oneindig veel geduld gemaakt.'
De Cock gebaarde in zijn richting.
'U verzamelt geen antiek zilver?'
Franciscus Froombosch schudde zijn hoofd.
'Uiteraard heb ik er wel verstand van. Ik heb mij van kinds af aan al met kunst en kunstvoorwerpen beziggehouden. Maar mijn kennis is toch niet te vergelijken met hetgeen Zadok van Zoelen van antiek zilver wist. Dat was werkelijk fabelachtig. Zijn verzameling zilveren gebruiksvoorwerpen was dan ook heel bijzonder. Ik schat de waarde daarvan zeker op een miljoen.'
De Cock slikte.
'Een miljoen,' riep hij ongelovig.
Franciscus Froombosch knikte.
'Zeker. Ik zou maar eens informeren voor hoeveel Zadok van Zoelen zijn verzameling had verzekerd.'
De Cock spreidde zijn handen.
'En die hele verzameling is verdwenen.'
Franciscus Froombosch liet zijn hoofd iets zakken.
'Ik weet het,' reageerde hij somber. 'Die Ellen vertelde mij, dat zij de enige erfgename was van de bezittingen van haar oom Zadok en dat ze had geconstateerd, dat de kostbare zilververzameling van haar oom was verdwenen... of ik daar enige opheldering over kon geven.'
De Cock keek hem gespannen aan.
'En... kunt u dat?'
Franciscus Froombosch antwoordde niet direct. Hij staarde enige tijd voor zich uit.
'Zadok van Zoelen had een neef... ik heb hem een keer bij hem thuis ontmoet... een vreemde ongewassen jongeman met een Russische naam.'
'Wladimir?'
Franciscus Froombosch knikte met een ernstig gezicht.
'Volgens Zadok van Zoelen was hij verslaafd en voortdurend op geld uit.'

4

Met zijn handen diep in de zakken van zijn regenjas gestoken, slenterde De Cock met een ontspannen grijns op zijn gezicht over het brede trottoir van het Damrak. Hij was, komend van huis, op het Stationsplein uit de tram gestapt. Omdat het zonnetje na lange triestige regendagen weer eens lokkend scheen, was hij niet, zoals gebruikelijk, direct via de Nieuwebrugsteeg naar de Warmoesstraat gelopen, maar had de stroom wandelaars gevolgd en was het Damrak opgestapt.
Hij schoof zijn oude vilten hoedje ver naar achteren en keek schuin omhoog. De vlaggen aan de steigers van de rondvaartboten wapperden vrolijk onder een blauwe, bijna wolkeloze hemel. Fraaie autobussen voerden drommen toeristen aan.
Op de hoek van de Oudebrugsteeg speelde een draaiorgel van Parel met veel trillers en tromgeroffel een vrolijke deun. De Cock floot vals de melodie mee en zocht en vond in een van zijn broekzakken nog een verlaten gulden, die hij zorgeloos verkwistend in het koperen bakje van de manser wierp.
Met een kort sprintje stak hij voor een aanstormende tram de rijbaan van het Damrak over en slenterde op zijn gemak verder naar de Warmoesstraat.
In de hal van het politiebureau slofte hij naar de balie, leunde voorover en keek Jan Kusters enige tijd onderzoekend aan.
Het irriteerde de wachtcommandant zichtbaar.
'Wat is er?' vroeg hij licht geprikkeld. 'Zie je wat aan me?'
De Cock trok een ernstig gezicht.
'Je krijgt toch ook al een oud koppie.'
Jan Kusters stond dreigend op.
De Cock kwam overeind en rende van de balie weg naar de trap.
In de grote recherchekamer vond hij Vledder, zoals gebruikelijk vlijtig rammelend achter zijn elektronische schrijfmachine. Toen De Cock tegenover hem plaatsnam, keek de jonge rechercheur op.
'Je bent laat.'
Het klonk bestraffend.
De Cock blikte naar de grote klok boven de deur.
'Mijn gebruikelijke tijd,' reageerde hij onnozel. 'Heeft de commissaris soms naar mij gevraagd?'

Vledder schudde zijn hoofd.
'Ik heb Buitendam nog niet gezien. Ik heb wel boven in de administratie het rapport van die twee dienders gevonden.'
'Over de lijkvinding van Zadok van Zoelen?'
'Ja.'
'En?'
Vledder gebaarde achteloos.
'Een simpel geval. Volgens het rapport was er niets dat op misdrijf wees. Alles was heel ordelijk. Daarom werd de recherche niet gewaarschuwd. De dienders rapporteerden in ambtelijke stijl, dat daartoe geen enkele aanleiding bestond.'
'En de lijkschouwer?'
'Was jouw goede vriend.'
De Cock lachte.
'Dokter Den Koninghe,' riep hij verheugd. 'Heb je hem al gebeld?'
Vledder knikte.
'Hij komt straks even langs om met je te praten.'
De Cock fronste zijn wenkbrauwen.
'Was er toch iets... eh, iets bijzonders met de dood van oom Zadok van Zoelen?'
In zijn stem trilde achterdocht.
Vledder trok wat wrevelig zijn schouders op.
'Dokter Den Koninghe zei alleen: ik kom straks wel even bij de Warmoesstraat langs. Verder niets.'
De Cock plukte aan het puntje van zijn neus.
'Dat is toch vreemd.'
Vledder keek zijn oudere collega schattend aan. Hij boog zich over zijn schrijfmachine naar hem toe.
'Wat heb je toch?' vroeg hij bezorgd. 'Denk je soms, dat oom Zadok werd vermoord?'
De Cock antwoordde niet direct. Hij bracht zijn beide handen omhoog en wreef met de toppen van zijn vingers tastend over zijn voorhoofd.
'Het zit hier,' sprak hij vaag, 'een vreemd onbestemd gevoel. Het is niet rationeel. Ik kan het niet met feiten onderbouwen... niet verstandelijk beredeneren, maar volgens mij is er iets met de dood van Zadok van Zoelen, dat niet klopt.'
Vledder liet zich zuchtend in zijn stoel terugvallen. Hij tikte met een kromme rechterwijsvinger tegen de zijkant van zijn hoofd.

'Prent dit nu eens goed in je hersenen... voor je verder spoken gaat zien... oom Zadok van Zoelen stierf een natuurlijke dood.'
De Cock glimlachte.
'Alleen mensen met fantasie,' reageerde hij mild, 'blijken in staat om spoken te zien.' De grijze speurder zweeg even. Nadenkend.
'Heb je nog aan Wladimir Wiardibotjov gedacht?'
Vledder knikte traag.
'Onze narcoticabrigade kent hem als gebruiker.'

De Cock kwam snel overeind, liep blij op dokter Den Koninghe toe en schudde hem hartelijk de hand. De oude rechercheur had een zwak voor de excentrieke lijkschouwer met zijn ouderwetse grijze slobkousen onder een deftige streepjesbroek, zijn stemmig jacquet en zijn verfomfaaide groen uitgeslagen garibaldihoed.
'Hoe maakt u het?' vroeg hij belangstellend.
Dokter Den Koninghe keek hem door zijn brilleglazen even aan.
'Met mij gaat het goed... met de man bij wie ik net vandaan kom niet... die was dood.'
De Cock lachte.
'Hebt u al een lijkschouwing gehad, vanmorgen?'
Dokter Den Koninghe knikte.
'Reeds twee,' antwoordde hij plechtig. 'Als het vandaag zo doorgaat, heb ik voor de avond valt wel een elftal bij elkaar.'
De Cock maakte een buiging en zwaaide uitnodigend naar de stoel naast zijn bureau.
'Neemt u plaats.'
Voor hij ging zitten, streek dokter Den Koninghe met zijn vlakke rechterhand over de zitting.
'Is dit een biechtstoel?'
'Zoiets.'
'Ik heb niets te biechten.'
De Cock negeerde deze opmerking.
'Ik ben blij,' sprak hij vriendelijk, 'dat u even hebt willen komen.'
Dokter Den Koninghe glimlachte.
'Ik moest toch in de buurt zijn.' Hij keek naar De Cock op. Zijn gezicht stond ernstig. 'Ik begrijp het niet goed... waarom heb je belangstelling voor de dood van die Zadok van Zoelen?'
De grijze speurder maakte een verontschuldigend gebaar.
'Om u eerlijk de waarheid te zeggen... dat weet ik niet. De basis van

mijn belangstelling ontbreekt... althans puur verstandelijk gesproken. Zadok van Zoelen was een kenner en verwoed verzamelaar van antieke zilveren gebruiksvoorwerpen. Bij zijn dood is die gehele verzameling verdwenen.'
'Een kostbare verzameling?'
De Cock knikte.
'De waarde wordt op een miljoen geschat.'
Dokter Den Koninghe nam zijn bril af, pakte de witte pochet uit het borstzakje van zijn jacquet en poetste met precieze bewegingen zijn glazen schoon.
'Zadok van Zoelen,' sprak hij traag, 'stierf aan een hartverlamming. Die overtuiging had ik direct al... bij de eerste schouw.'
De Cock trok een bedenkelijk gezicht.
'Die Zadok van Zoelen was toch nog jong... net drieënzestig jaar.'
Dokter Den Koninghe glimlachte.
'Voor een hartdood is dat niet jong... integendeel, men sterft tegenwoordig steeds jonger aan ziekten van hart en bloedvaten.' De oude lijkschouwer zette zijn bril weer op en borg zijn pochet weg. 'Ik ben toch even op zoek gegaan,' ging hij verder. 'Op de schoorsteenmantel, in de kamer waar hij lag, vond ik een doosje met medicijnen, zoals die door hartpatiënten worden gebruikt. Ze waren voorgeschreven door dokter Sietse Schuringa, een hartspecialist met meer dan landelijke bekendheid... een studiegenoot van mij. Die heb ik 's avonds nog even gebeld.'
'En?'
Dokter Den Koninghe spreidde zijn kleine handjes.
'Zadok van Zoelen was al jaren bij Sietse Schuringa onder behandeling. De man was ernstig ziek. Ik kan je nu wel een paar medische termen geven, maar daar heb je niets aan. Hoe het ook zij... de dood van die Van Zoelen verbaasde Schuringa niet.'
De Cock keek dokter Den Koninghe peinzend aan.
'Waarom ging u op zoek naar medicijnen en nam u nadien nog contact op met dokter Schuringa?'
De oude lijkschouwer keek verrast naar hem op.
'Voor alle zekerheid.'
De Cock kneep zijn wenkbrauwen samen.
'Die zekerheid had u niet?'
Dr. Den Koninghe verschoof iets op zijn stoel.
'Dat wel,' sprak hij knikkend. 'Die zekerheid had ik wel. Ik heb

geen moment aan de ware doodsoorzaak van Zadok van Zoelen getwijfeld... een acute hartstilstand. Ik heb het lichaam nog onderzocht. Er waren geen sporen van uiterlijk geweld. Ik vond alleen aan de rechteronderarm een punctieplekje met daaromheen een kleine rode zwelling.'
De Cock hield zijn hoofd iets scheef.
'Een punctieplekje?' herhaalde hij vragend.
Dokter Den Koninghe knikte.
'Als bij een insektebeet.'

Toen dokter Den Koninghe was vertrokken, keek Vledder zijn oudere collega grijnzend aan.
'Tevreden? Of geloof je nog niet, dat Zadok van Zoelen een natuurlijke dood stierf?'
De Cock plukte nadenkend aan zijn onderlip.
'Een insektebeet,' sprak hij toonloos. 'In-sek-te-beet.' Hij proefde het woord op zijn tong.
Vledder lachte spottend.
'Misschien had oom Zadok van Zoelen wel last van vlooien.' De jonge rechercheur grinnikte vrolijk. 'Zijn jou gevallen bekend, dat iemand na een vlooiebeet overleed?'
De Cock negeerde de spot. Zijn gezicht stond ernstig.
'Wladimir Wiardibotjov stond bekend als gebruiker?'
Vledder knikte.
'Niet als dealer. Hij is al een paar maal op straat gearresteerd... alleen met kleine hoeveelheden voor eigen gebruik.'
'Wat gebruikt hij?'
'Hij is steeds gepakt met heroïne.'
'Hoe?'
'Wat bedoel je?'
'Hoe gebruikt Wladimir zijn heroïne?'
Vledder maakte een verontschuldigend gebaar.
'Dat heb ik niet gevraagd. Ik denk, dat ze dat bij de narcoticabrigade ook niet weten.'
De Cock wreef over zijn kin.
'Het zou mij niets verbazen als hij zich injecteerde.'
De ogen van Vledder werden groot.
'Een punctieplekje,' sprak hij hees. 'Een punctieplekje van een injectienaald.' Ineens verstarde zijn mond en zijn neusvleugels tril-

den. 'Zadok van Zoelen stierf aan een hartverlamming.' Het klonk als een vloek.
De Cock stond lachend op, slofte naar de kapstok en trok zijn regenjas aan.
Vledder kwam hem na.
'Waar ga je heen?'
De Cock schoof zijn oude hoedje op zijn hoofd.
'Wat dacht je?'
'Geen idee.'
Over het brede gezicht van de grijze speurder gleed een grijns.
'Naar Smalle Lowietje. Mijn droge keel dorst naar een cognackie.'

Lowietje, vanwege zijn geringe borstomvang in het wereldje van de penoze meestal Smalle Lowietje genoemd, begroette de beide rechercheurs uitbundig.
'Zo, zo,' riep hij handenwrijvend, 'ik ben blij, dat ik jullie weer eens zie.' Hij blikte naar De Cock op. Zijn spichtig muizesmoeltje glom van genegenheid. 'Alles goed? Is het erg druk aan de Kit? Je bent zo lang weggebleven. Ik dacht werkelijk, dat je de weg naar mijn etablissement niet meer kon vinden.'
De Cock grinnikte.
'Blindelings. Ik ga gewoon op de lucht af.'
Smalle Lowietje lachte.
'Vieze luchtjes genoeg hier op de Wallen,' snierde hij. 'Wolken. Elke hoer haar eigen parfum. Als je sommige bordelen binnenstapt, lijkt het alsof je tegen een muur op loopt.'
De Cock keek hem schalks aan.
'Kom je nog weleens in een bordeel?'
Op het muizesmoeltje van de tengere caféhouder kwam een olijke grijns. 'Business... louter business.' De grijns vergleed in een gulle lach. 'Kom,' riep hij vrolijk. 'Ik zal eens inschenken.'
Aalglad dook hij onder de tapkast en haalde met een blik van opperste verrukking een fles fraaie cognac Napoléon te voorschijn. Hij tikte op het etiket. 'Op het fust voor jou aan de engeltjes gevoerd.' Hij grinnikte. 'Zo noemen de Franse wijnboeren dat als tijdens het lageren een deel van de alcohol vervliegt.'
De Cock lachte.
'Dan vliegen er in de hemel inmiddels heel wat bezopen engeltjes rond.'

Smalle Lowietje gniffelde.
'Kan dat... bezopen engeltjes?'
De oude rechercheur antwoordde niet. Hij keek keek toe hoe Smalle Lowietje de fles ontkurkte en inschonk. De wijze waarop de caféhouder drie diepbolle glazen vulde, getuigde van routine en vakmanschap. 'Proost,' riep hij luid, 'op alle kinderen van dorstige ouders.'
De Cock nam de oude toost niet over. Hij pakte zijn glas op, schommelde het zachtjes in de hand, bracht het naar zijn neus en snoof. Op zijn breed gezicht vol groeven kwam een glans van vervoering. Omzichtig nam hij daarna een slokje en liet het vocht genietend door zijn dorstige keel glijden.
De grijze speurder knikte de tengere caféhouder met gesloten ogen toe. 'Er zijn momenten, Lowie,' sprak hij gedragen, 'dat zelfs door het duistere leven van een rechercheur een lichtend zonnestraaltje schiet... zo'n moment is nu.'
Smalle Lowietje keek hem bewonderend aan.
'Voor een politieman, De Cock... kun je soms mooie dingen zeggen.'
De grijze speurder knikte met een strak gezicht.
'Dat heb ik van mijn oude moeder. Ze heeft een poëtische ziel.' Hij zette zijn glas terug op de tap en boog zich vertrouwelijk iets voorover.
'Wat weet jij van oud zilver?'
Smalle Lowietje glimlachte.
'Alles... bijna alles.'
'Dat is veel.'
Smalle Lowietje knikte traag.
'Er wordt mij hier nog weleens iets aangeboden,' sprak hij gedempt. 'En als je niet voldoende sjoege hebt... doe je algauw een miskoop.'
'Is jou kort geleden nog iets aangeboden?'
Smalle Lowietje schudde zijn hoofd.
'Waarom vraag je dat?'
De Cock nam nog een slok van zijn cognac.
'Ik ben op zoek naar een verzameling... een kostbare verzameling antieke zilveren gebruiksvoorwerpen.'
Smalle Lowietje keek hem fronsend aan.
'De verzameling van oom Zadok?'
De Cock reageerde verrast.
'Hoe kom je daarbij?'

De caféhouder zuchtte.
'Ik hoorde, dat hij vorige week dood in zijn woning is aangetroffen.'
'Van wie... van wie hoorde je dat?'
Smalle Lowietje glimlachte.
'Onze tamtam werkt nog steeds prima.'
'Kende jij oom Zadok?'
De caféhouder knikte nadrukkelijk.
'Ik ben vaak bij hem thuis geweest... aan de Keizersgracht. Als ik een leuk dingetje had, dan bracht ik het hem. Oom Zadok keek nooit zo nauw. Als ik hem wat aanbood, dan kocht hij het... ook al wist hij dat het jatwerk was.'

5

Door de kleine trotse caféhouder hartelijk nagewuifd verlieten de beide rechercheurs op de Achterburgwal het etablissement van Smalle Lowietje. De warmte van de cognac gloeide in hun aderen. Het regende weer een beetje, een fijne miezerige motregen. De oude iepen aan de wallekant dropen en het schaarse licht van de lantaarns deed de gladde straatsteentjes glimmen. Over het troebele water van de gracht hingen nevelige sluiers.
Ondanks het wat trieste weer was het toch aardig druk op de Wallen. De sexbusiness was in vol bedrijf. In het barmhartige roodroze licht toonden de uitgestalde hoertjes hun lijflijke bekoorlijkheden. Geen raam was onbezet. Bij een etalage met twee, sinds kort uit het Verre Oosten geïmporteerde, exotische schoonheden stonden zelfs mannen in de rij.
De Cock blikte om zich heen. Hoewel de oude rechercheur al tientallen jaren in de rosse buurt opereerde, bezag hij het gehele sexbedrijf nog steeds met enige bevreemding. Zijn puriteinse ziel bleek na al die jaren nog niet flexibel genoeg om het zonder het nodige voorbehoud te aanvaarden.
De Cock liep de rij hunkerende mannen voorbij, trok de kraag van zijn regenjas omhoog en schoof zijn oude hoedje naar voren. Hij keek opzij naar Vledder, die rustig naast hem voortslenterde.
'Ik ben toch niet zo blij met dat verhaal van Smalle Lowietje,' sprak hij somber.
De jonge rechercheur keek hem niet-begrijpend aan.
'Hoe bedoel je?'
De Cock gebaarde voor zich uit.
'Als oom Zadok bij het doen van zijn aankopen van antiek zilver het inderdaad niet zo nauw nam en ook jatmous... gestolen voorwerpen... aanvaardde, dan wordt de kring van verdachten wel erg groot.'
Vledder glimlachte.
'Je bedoelt... als oom Zadok van Zoelen van Smalle Lowietje gestolen goed kocht... er vermoedelijk ook andere louche figuren bij hem aan de Keizersgracht over de vloer kwamen... louche figuren, met wie hij zaken deed en die zijn verzameling kenden.'
De Cock knikte.

'Het feit dat de 'tamtam' wist, dat oom Zadok vorige week dood in zijn woning aan de Keizersgracht werd aangetroffen, geeft mij toch te denken. Het houdt in, dat er in penozekringen over de dood van oom Zadok is gesproken.'
Vledder trok een denkrimpel in zijn voorhoofd.
'Dat behoeft toch niet te betekenen,' formuleerde hij voorzichtig, 'dat de diefstal van het antieke zilver ook door iemand uit de penoze werd gepleegd?'
De Cock schudde zijn hoofd.
'De dood van Zadok van Zoelen kan op allerlei manieren zijn uitgelekt en in penozekringen bekend zijn geworden.' Over zijn breed gezicht gleed een glimlach. 'En dat de jongens dan ook even de zilververzameling van oom Zadok ter sprake brengen en aan een mogelijke buit van zo rond één miljoen denken, is volkomen begrijpelijk.'
'Smalle Lowietje zegt, dat aan hem nog geen zilver is aangeboden.'
De Cock schoof zijn onderlip naar voren.
'Dat zal voorlopig ook wel niet gebeuren.'
'Waarom niet?'
'Tenzij men direct geld nodig heeft... maar bij diefstal van kunstschatten is het gebruikelijk, dat men de zaak eerst een poosje laat bekoelen.'
Bij de Stormsteeg sloegen ze linksaf. Via de Lange Niezel bereikten ze de Warmoesstraat. Toen ze de hal van het politiebureau binnenstapten begon Jan Kusters achter de balie met zijn armen te zwaaien.
De Cock liep traag op hem toe.
'Wat heb je nu weer?' riep hij geprikkeld.
De wachtcommandant zwaaide opnieuw.
'Ik ben al zeker tien minuten bezig om een van jullie te pakken te krijgen. Waar zat je?'
'Dat gaat je niets aan.'
Jan Kusters duwde hem een briefje in de hand.
'Ga daar onmiddellijk heen. Twee jonge dienders vragen om assistentie van de recherche.' De wachtcommandant struikelde bijna over zijn eigen woorden. 'Ze zijn bij een lijkvinding en vertrouwen het niet.'
De Cock keek hem spottend aan.

'Wat vertrouwen ze niet... het lijk?'
'Barst.'

Vledder reed hun Golf van de steiger de Oudebrugsteeg in. Hij keek opzij naar De Cock.
'Wat staat er op het briefje?'
De oude rechercheur pakte het briefje van de wachtcommandant uit het borstzakje van zijn colbert, streek het verkreukelde blocnotevelletje op zijn knie glad en bescheen het met zijn zaklantaarn.
'Prinsengracht zeventien-dertien,' las hij hardop.
'Dat is bij de Westermarkt.'
De Cock grinnikte.
'Het zou mij niets verbazen,' reageerde hij gelaten. 'In de omgeving van die oude Westertoren is altijd wat aan de hand.'
Toen ze luttele minuten later vanaf de Westermarkt de Prinsengracht op reden, zagen ze midden op de brug van de Leliegracht een politiewagen staan. Op de achterbank, in het verlichte interieur, zat een jongeman. Naast het rechterportier stond een jonge diender.
Vledder bracht de Golf pal achter de politiewagen tot stilstand. De beide rechercheurs stapten uit.
De jonge diender liep op De Cock toe en wees naar de jongeman op de achterbank. 'We hebben hem maar zo lang vastgehouden,' legde hij uit, 'dan kunt u zelf nog even met hem praten. Hij is een neef van de dode man. Hij heeft het lijk van zijn oom ontdekt en de politie gewaarschuwd.' Hij draaide zich half om en gebaarde naar een statig pand op de gracht. 'Mijn collega is boven. We durfden het dit keer niet aan om de recherche er buiten te houden.'
De Cock fronste zijn wenkbrauwen.
'Wanneer,' vroeg hij met enige achterdocht, 'hielden jullie er de recherche dan wel buiten?'
De jonge diender schoof zijn pet iets naar achteren.
'Vorige week... een geval op de Keizersgracht... een dode man in zijn woning. Een al wat oudere man... ene Zadok van Zoelen... niets bijzonders... een gewone hartverlamming. Dat zei de dokter ook. Daarom hebben wij de recherche er toen maar buiten gehouden.'
De Cock hield zijn hoofd iets schuin.
'En?'
De jonge diender grijnsde.

'Het is precies hetzelfde. Het lijkt exact op die lijkvinding vorige week op de Keizersgracht. Dezelfde omstandigheden.' Hij schudde zijn hoofd. 'En volgens mij is er ook dit keer niets aan de hand... gewoon... een natuurlijke dood.'
'Wat zegt de dokter ervan?'
De jonge diender zuchtte.
'Die is nog niet geweest. We hebben hem via de wachtcommandant wel laten waarschuwen... gelijk met de recherche.'
De Cock legde vertrouwelijk zijn rechterhand op de brede schouder van de jonge diender. 'Eén ding begrijp ik niet,' sprak hij vriendelijk, 'vorige week... op de Keizersgracht... bij die Zadok van Zoelen... achtten jullie de komst van de recherche niet nodig. Nu wel. Wat is dan het verschil?'
De jonge diender schudde zijn hoofd.
'Er is geen verschil... totaal geen verschil... en juist omdat er geen verschil is... vertrouwen we het niet.' Hij wees wat geagiteerd omhoog naar het statige grachtenpand. 'Ziet u, ook die vent daar ligt in zo'n mallotige maillot.'

De Cock besteeg de hardstenen trap. Vledder kwam hem na. Boven op het bordes bleef de oude rechercheur staan, pakte zijn zaklantaarn uit een steekzak van zijn regenjas en bekeek een koperen naamplaat met zwarte verzonken letters.
'Cornelissen,' las hij hardop, 'taxateur.'
Daarna bescheen hij de sponningen van de zware blankgelakte toegangsdeur. Er waren geen sporen van braak. Voorzichtig duwde hij met zijn schouder de deur open en ging naar binnen.
In de ruime verlichte hal stond met zijn rug tegen de glazen gangdeur een jonge diender. Toen hij de beide rechercheurs in het oog kreeg, kwam hij naar voren, tikte ter begroeting aan de klep van zijn pet en lachte opgelucht. 'Ik ben blij dat jullie er eindelijk zijn.' Hij duimde over zijn schouder. 'Ik kon het daarbinnen niet langer uithouden. Ik ben weggelopen. Die dooie vent lag met zijn halfopen ogen mij voortdurend aan te staren.' Hij deed de glazen deur open. 'Zal ik voorgaan?'
Via een brede marmeren gang met guirlandes en wulpse engeltjes aan het plafond, bereikten ze een groot rechthoekig vertrek met een dominerende schouw en twee hoge ramen.
Ongeveer ter hoogte van de schouw, aan de rand van een Perzisch

tapijt, lag op zijn rug een man in een zwarte maillot. Een enkele blik was voor De Cock voldoende om te weten, dat de man al enige uren dood was.
Vanuit de hoogte keek hij een poosje op de dode neer. De oude rechercheur schatte hem op achter in de vijftig, begin zestig. Hij had dun grijs haar, een brede kin en wat ingevallen wangen.
De Cock keek naar de diender.
'Weet je wie hij is?'
De jonge diender knikte.
'Ik heb hier wat brieven gevonden, die zijn allemaal gericht aan C. Cornelissen. Die naam Cornelissen staat ook op de naamplaat bij de deur. Volgens de neef, die hier was, stond die "C" voor Christiaan.'
De Cock knielde bij de dode neer. De halfopen starende ogen hinderden hem niet. Voor zover hij het kon bezien waren er geen uiterlijke verwondingen. Hij staarde secondenlang in het strakke dode gezicht in een vreemd verlangen, dat de verstijfde mond nog iets zou zeggen... iets over het geheim van zijn dood.
Zijn knieën kraakten toen hij overeind kwam. Enigszins besluiteloos bleef hij staan. Zijn scherpe blik gleed de kamer rond. Zijn geest zocht naar een dissonant... een afwijking van het patroon. Er was niets, maar dan ook niets, dat in verband kon worden gebracht met een misdrijf.
Dokter Den Koninghe kwam de kamer in. In zijn kielzog verschenen twee broeders van de geneeskundige dienst met hun onafscheidelijke brancard.
De Cock begroette de kleine lijkschouwer hartelijk. Hij wees naar de dode op de vloer.
'Overeenkomsten?'
Dokter Den Koninghe knikte traag.
'Hetzelfde beeld als vorige week bij die Zadok van Zoelen.'
'Hartverlamming?'
De kleine lijkschouwer knikte opnieuw.
'Daar heeft het alle schijn van.' Hij trok de pijpen van zijn streepjesbroek iets op en knielde bij de dode neer.
Met zijn duim en middelvinger drukte hij de halfopen ogen dicht. Voorzichtig schoof hij de rechtermouw van de dode man terug en draaide de arm, zodat de onderkant omhoog kwam.
De Cock bukte over hem heen en zag nauwlettend toe. In de onder-

arm van de dode was een kleine rode zwelling met in het midden een donker getint punctieplekje.
Dokter Den Koninghe kwam overeind.
'Hij is dood.'
Het klonk laconiek.
De Cock knikte instemmend.
'Dat heb ik begrepen. Hartverlamming?'
'Ja, vrijwel zeker.'
De Cock gebaarde naar de dode.
'En die zwelling... dat vreemde punctieplekje?'
'Een insektebeet.'
'Net als bij Zadok van Zoelen?'
'Inderdaad.'
De Cock schudde zijn hoofd.
'Volgens mij klopt het niet.'
Dokter Den Koninghe keek de grijze speurder door zijn brilletje heen peinzend aan.
'Geen hartverlamming?' vroeg hij simpel.
De Cock spreidde zijn handen.
'Begrijp mij goed, dokter.' In zijn stem klonk wanhoop. 'Ik stel uw vakbekwaamheid niet ter discussie. Al meer dan vijfentwintig jaar ontmoeten wij elkaar ambtelijk bij slachtoffers van een gewelddadige dood. Ik heb nooit aan uw inzichten getwijfeld. Ik twijfel ook nu niet aan uw diagnose, maar mijn van nature argwanende politiehart zegt dat er iets niet klopt.'
'Wat... wat klopt er dan niet?'
De Cock trok zijn schouders op.
'Dat weet ik niet,' antwoordde hij wrevelig. 'Het is niet aanwijsbaar.' Hij knielde opnieuw bij de dode neer en bezag de rode zwelling op de onderarm. Daarna keek hij schuin omhoog. 'Kan... eh, kan dit niet iets anders zijn dan een insektebeet?'
Dokter Den Koninghe grijnsde.
'Bijvoorbeeld?'
De Cock kwam weer overeind.
'Een injectie met een of ander snelwerkend vergif?'
Dokter Den Koninghe zuchtte.
'Je bent een eigengereide kerel, De Cock,' sprak hij niet onvriendelijk. 'En dat zul je wel blijven. Maar als jij denkt, dat hier sprake is van een misdrijf... dat deze man hier geen natuurlijke dood is ge-

storven... waarom neem je dat lijk dan niet in beslag? Laat het overbrengen naar Westgaarde en vraag of dokter Rusteloos morgen een gerechtelijke sectie verricht.'
De grijze speurder reageerde niet.
Dokter Den Koninghe keek nog even zwijgend naar hem op, daarna lichtte hij zijn groen uitgeslagen garibaldihoed, draaide zich om en liep de kamer af.
De Cock keek hem met gemengde gevoelens na. Hij had diep respect voor de kleine lijkschouwer. Onder geen voorwaarde had hij hem willen kwetsen. Hij wenkte de jonge diender naderbij.
'Haal die neef beneden uit de wagen,' gebood hij, 'en breng hem hier.'
Vledder kwam naast hem staan.
'Neem je het lijk in beslag?' vroeg hij ongelovig.
De Cock antwoordde niet. Hij wierp een peinzende blik op de dode in zijn mallotige maillot. Daarna keek hij op naar een blonde jongeman, die voor de diender uit nonchalant de kamer binnenwandelde.
De oude rechercheur schatte hem op rond de vijfentwintig jaar. Hij droeg een grijze pantalon, waarop een lichtblauwe blazer met een ingewikkeld embleem op het borstzakje.
'U bent?'
De jongeman glimlachte.
'Christiaan... Christiaan Cornelissen.'
De Cock keek hem fronsend aan.
'Ik dacht, dat uw oom zo heette.'
De jongeman knikte.
'Dat klopt. Hij heet ook Christiaan Cornelissen. Hij is... was de oudste broer van mijn vader. Ik ben naar hem vernoemd.'
'U zorgt voor de begrafenis?'
Christiaan Cornelissen grijnsde.
'Daar zal niet veel anders opzitten.'
'Hoe bedoelt u?'
'Er is niemand anders.'
De Cock keek hem wat verward aan.
'Zijn er buiten u geen verdere familieleden?'
Christiaan Cornelissen wees naar de vloer.
'Oom Christiaan was de laatste van zijn generatie Cornelissen.'
'En u bent de enige neef?'
Christaan Cornelissen schudde zijn hoofd.

'Ik heb nog een oudere neef... Carry Cornelissen... zoon van oom Crispijn. Maar waar die uithangt, weet ik niet. Vroeger trok ik nog weleens met hem op. Maar ik heb hem nu zeker in een jaar of tien niet gezien. Hij is destijds door oom Crispijn naar Amerika gestuurd om daar kunstgeschiedenis te studeren en vermoedelijk verblijft hij daar nog.'
'In Amerika?'
'Ja.'
'Geen adres?'
'Nee.'
'Wanneer stierf uw oom Crispijn?'
'Vijf jaar geleden.'
De Cock fronste zijn wenkbrauwen.
'Is die Carry toen niet naar Nederland gekomen?'
Christiaan Cornelissen zuchtte.
'We hebben toen van alles geprobeerd om hem te bereiken, maar dat is niet gelukt.'
De Cock gebaarde naar de dode.
'Hoe oud is oom Christiaan geworden?'
'Drieënzestig. Zo'n veertien dagen geleden hebben we nog samen zijn verjaardag gevierd.'
'Hebt u hem weleens zo gekleed gezien?'
'In zo'n malle maillot?'
De Cock knikte.
'Dat bedoel ik.'
Christiaan Cornelissen schudde zijn hoofd.
'Nooit. Ik wist niet eens, dat hij zo'n ding bezat.'
De Cock plukte aan zijn onderlip.
'Had uw oom een kwaal... een ziekte?'
Christiaan Cornelissen knikte.
'Hij had een zwak hart... was al jaren onder behandeling van een specialist... Sietse Schuringa.'

6

De Cock wreef met zijn pink over de rug van zijn neus.
'Sietse Schuringa,' herhaalde hij, 'een hartspecialist met meer dan landelijke bekendheid.' De oude rechercheur keek de jongeman voor hem vragend aan. 'Bent u ooit met uw oom mee geweest... ik bedoel, hebt u die dokter Schuringa wel eens ontmoet?'
Christiaan Cornelisse knikte vaag.
'Ik bracht oom Christiaan wel eens met mijn auto naar de praktijk van dokter Schuringa aan de Churchilllaan. Ik heb hem een keer de hand mogen schudden... een lange, statige, wat stugge heer.' Er gleed een glimlach over het gezicht van de jongeman. 'Hij heeft een hele mooie assistente... Monique. Ik heb weleens geprobeerd om een afspraakje met haar te maken.'
'En?'
Christiaan Cornelissen schudde zijn hoofd.
'Het lukte niet,' antwoordde hij grinnikend. 'Ik kreeg van haar dezelfde belangstelling als mijn oom van haar kreeg... als patiënt.'
'Schreef die dokter Schuringa aan uw oom ook medicijnen voor?'
Christiaan Cornelissen knikte nadrukkelijk. Hij wees voor zich uit naar een zwartgeblakerde balk aan de frontzijde van de grote dominerende schouw. 'Daar had oom Christiaan ze altijd liggen... al jaren... binnen handbereik.'
De Cock slenterde naar de schouw, nam van de balk een rechthoekig doosje en liet dat aan de jongeman zien.
'Zijn dat zijn medicijnen?'
Christiaan Cornelissen maakte een verontschuldigend gebaartje.
'Volgens mij wel. Ik was uiteraard niet zo erg geïnteresseerd in hetgeen oom Christiaan als hartpatiënt slikte. Ik weet ook niet hoe vaak en hoeveel van die medicijnen hij dagelijks moest innemen. Maar dat zal wel op het doosje staan.' De jongeman spreidde zijn handen. 'Maar of mijn oom zich precies aan doktersvoorschriften hield... daarover heb ik toch mijn twijfels.'
De grijze speurder wierp een vluchtige blik op het doosje, stak het daarna in een steekzak van zijn regenjas.
'Waarom wilde u uw oom juist nu bezoeken?'
Christaan Cornelisse trok zijn schouders op.
'Ik was naar een voorstelling geweest in de Stadsschouwburg en

dacht na afloop... ik drink nog een afzakkertje bij oom Christiaan. Dat deed ik wel vaker. Oom Christiaan was een gezellig mens... modern voor zijn leeftijd.'
De Cock knikte. 'U kwam aan de deur. En toen?'
'Ik belde aan, maar oom reageerde niet. Dat vond ik vreemd. Volgens mij moest hij thuis zijn. Er brandde licht in zijn kamer. Ik voelde aan de deur. Die was op slot. Lang geleden heb ik van oom Christiaan een sleutel van zijn huis gekregen... voor als hij er niet was en ik zijn planten moest verzorgen.'
'Die sleutel hebt u gebruikt?'
'Ja.'
De Cock gebaarde naar de dode op de vloer.
'En toen vond u uw oom, zoals hij daar nu ligt?'
'Inderdaad.'
'Waarom belde u de politie?'
Christiaan Cornelissen glimlachte.
'Het was mijn eerste reactie.'
De Cock knikte begrijpend. Hij wuifde om zich heen.
'Was uw oom een rijk man?'
Christiaan Cornelissen tuitte zijn lippen.
'Redelijk gefortuneerd, ja.'
'Op de naamplaat buiten bij de deur staat "taxateur". Oefende uw oom dat beroep nog uit?'
Christiaan Cornelissen schudde zijn hoofd.
'Daar deed hij vrijwel niets meer aan,' antwoordde hij achteloos. 'Hij had alleen nog maar oog voor zijn kunstverzameling.'
De Cock keek hem verrast aan.
'Kunstverzameling?' vroeg hij geïnteresseerd.
Christiaan Cornelissen knikte.
'Oom Christiaan heeft een uitgebreide kunstverzameling. In hoofdzaak werk van Marc Chagall.'
Het gezicht van De Cock betrok. De oude rechercheur stak zijn beide handen verontschuldigend naar voren.
'Ik ben een simpele politieman... geen kunstkenner. Wie is of was Marc Chagall?'
Christiaan Cornelissen glimlachte.
'Marc Chagall, geboren op 7 juli 1887, was een Frans schilder, beeldhouwer, glazenier, lithograaf, etser, keramisch kunstenaar en dichter.'

De grijze speurder toonde bewondering.
'Een veelzijdig mens.'
Christiaan Cornelissen knikte instemmend.
'Zeker,' reageerde hij enthousiast. 'En creatief tot op hoge leeftijd. Hij is vrij oud geworden. Ik dacht ver over de tachtig. Marc Chagall was van joods-Russische origine, zoon van een eenvoudige koopmansbediende. Hij was een bewogen kunstenaar, die zich steeds nieuwe technieken eigen maakte en verrassende werken schiep. Zijn kunstuitingen zijn nu in de gehele wereld te bewonderen. Ook in het Stedelijk Museum van Amsterdam en in Eindhoven in het Van Abbe Museum is werk van hem ten toon gesteld.'
'U bent goed op de hoogte.'
Christiaan Cornelissen trok een grijns.
'Oom Christiaan raakte nooit over hem uitgepraat.'
De Cock gebaarde voor zich uit.
'Verzamelde uw oom al die veelzijdige kunstuitingen van die Marc Chagall?' vroeg hij ongelovig.
Christiaan Cornelissen schudde zijn hoofd.
'Hoofdzakelijk zijn schilderijen. Oom Christiaan was al vele jaren geleden een groot bewonderaar van het werk van Marc Chagall... in zijn beginperiode... toen de kunstenaar nog niet zo beroemd was. Hij heeft in het verleden vaak voor nog redelijke bedragen fraaie schilderijen van Marc Chagall gekocht... schilderijen, die inmiddels een vermogen waard zijn.'
'Hoe hoog schat u de waarde van de kunstverzameling van uw oom?'
Christiaan Cornelissen tuitte zijn lippen.
'Twee miljoen.'
De Cock reageerde geschrokken.
'Waar bewaarde oom zijn kunstschatten?'
Christiaan Cornelissen zwaaide om zich heen.
'Hier in dit huis. Ziet u maar, in deze kamer hangen schilderijen van Marc Chagall... verder in tal van andere vertrekken.'
De Cock strekte zijn wijsvinger naar de jongeman uit.
'En al die kunstschatten erft u?'
Christiaan Cornelissen knikte traag.
'Oom Christiaan heeft altijd beweerd,' antwoordde hij voorzichtig, 'dat hij ten gunste van mij een testament zou laten opmaken. Ik geloof dat dit inderdaad is gebeurd.'

'U kent de omvang van de kunstverzameling van uw oom Christiaan?'
'Zeker.'
De Cock gebaarde om zich heen.
'Zou u... voordat wij hier weggaan... willen nagaan of die verzameling nog compleet is?'
Christiaan Cornelissen knikte gedwee.
'Dat wil ik. Zeker. Ik weet precies waar oom Christiaan zijn geliefde schilderijen heeft hangen.' De blik van de jongeman ging spiedend rond. 'Hier in deze kamer is niets veranderd... alles is zoals het was.' Hij keek naar de oude rechercheur op. 'Mag ik de andere vertrekken zien?'
De grijze speurder knikte.
Toen de jongeman de kamer had verlaten, keek De Cock naar de broeders van de geneeskundige dienst. Ze toonden duidelijke tekenen van onrust. Het duurde hen blijkbaar veel te lang voor ze toestemming kregen om het lijk af te voeren.
De Cock wenkte hen naderbij. Zichtbaar opgelucht liepen ze haastig toe, sloegen de canvasflappen terug en tilden het lijk van Christiaan Cornelissen op de brancard. Daarna drapeerden zij een laken over de dode, klapten het canvas terug en sjorden de riemen vast.
De oudste broeder keek naar de grijze speurder op.
'Waar moet hij heen?'
'Westgaarde... sectielokaal.'
Vledder, naast hem, reageerde verrast.
'Je neemt het lijk toch in beslag... voor een sectie?'
In zijn stem trilde verbazing.
De Cock knikte traag en gaf de broeders een wenk. Zij tilden de brancard van de vloer. Zachtjes wiegend droegen ze het lichaam weg.
Op het moment dat de broeders met hun last de kamer wilden verlaten, kwam de jonge Christiaan Cornelissen binnen. Hij liep naar De Cock toe. Zijn gezicht zag bleek. Hij wees achter zich naar de brancard.
'Oom... oom Christiaan,' sprak hij stamelend. 'Oom Christiaan is toch werkelijk overleden?'
De Cock keek hem verward aan.
'Waarom vraagt u dat?'
Christiaan Cornelissen slikte.

'De laatste keer dat ik bij hem was... op zijn verjaardag... zei hij plotseling tegen mij... heel ernstig: 'Christiaan... denk vooral niet te gauw, dat ik dood ben.'

De volgende morgen zat De Cock nerveus schuivend op zijn stoel achter zijn bureau. De grijze speurder worstelde met een vreemd knagend gevoel van onbehagen. Hij had zich in zijn lange loopbaan als rechercheur nog nooit zo weifelend, zo onzeker gevoeld. Hij was in zijn carrière als speurder ook nog nooit eerder geconfronteerd geweest met een affaire, waarin hij zo frequent gedwongen werd een strijd te voeren tussen zijn intuïtie en zijn verstand... een strijd, die hij in het verleden gewoonlijk ten gunste van zijn intuïtie liet beslissen. Dit keer wist hij het niet. De omstandigheden maakten een keuze moeilijk.

De grijze speurder kneep zijn ogen even dicht. Zijn herinnering bracht op zijn netvlies het bleke gezicht van de jonge Cornelissen terug. Door zijn hoofd dreunden de woorden van zijn oom: 'Christiaan... denk vooral niet te gauw, dat ik dood ben.'

De Cock staarde nadenkend voor zich uit. Waarom zegt iemand dat? De woorden waren volkomen gelijk aan de woorden bij het postscriptum van het briefje, dat nicht Ellen in het bureautje van oom Zadok vond. Dat kon toch niet alles toeval zijn?

Toen Vledder de grote recherchekamer binnenstapte, kwam hij met een ruk uit zijn stoel overeind.

'Hoe was de sectie?' riep hij gespannen.

Vledder trok achteloos zijn schouders op.

'Dokter Rusteloos begreep er niet veel van,' antwoordde hij hoofdschuddend.

De Cock trok zijn wenkbrauwen samen.

'Hoe bedoel je?'

Vledder liet zich in zijn bureaustoel zakken en leunde iets achterover. 'Hij heeft het lichaam van Christiaan Cornelissen eerst uitwendig grondig bekeken... elk plekje van de huid. Dokter Rusteloos zei, dat hij niets kon ontdekken... totaal niets... er was ook niets te zien.'

De Cock zwaaide heftig.

'En die rode zwelling... dat punctieplekje op de rechteronderarm?'

Vledder maakte een nonchalant gebaartje.

'Volgens dokter Rusteloos stelde dat niets voor. Hij zei hetzelfde als

wat dokter Den Koninghe gisterenavond al zei... een steek van een of ander insekt. Dokter Rusteloos beloofde mij... omdat ik zo bleef aandringen... de rode zwelling en de huid rondom die zwelling nog aan een toxicologisch onderzoek te onderwerpen, maar hij zei mij eerlijk, dat hij daar weinig van verwachtte. De patholoog-anatoom was van mening, dat zo'n kleine insektebeet onmogelijk de dood had kunnen veroorzaken.'
De Cock liet zich in zijn stoel terugvallen.
'Wat was de doodsoorzaak?'
Vledder maakte een grimas.
'Hartverlamming.'
De Cock zuchtte diep.
'Net als bij oom Zadok van Zoelen,' constateerde hij met een grijns.
'Hartverlamming.'
Vledder knikte overtuigend.
'Dokter Rusteloos heeft het mij laten zien. Alle aderen nabij het hart waren vrijwel dichtgeslibd. Daar kon bijna geen bloed meer doorheen stromen. Zelfs een operatie had de man niet meer kunnen redden. Het lancet van dokter Rusteloos stuitte in het hart ook nog op enkele kalkhaartjes.'
De jonge rechercheur zweeg even. Hij keek medelijdend naar zijn oudere collega op. 'Je kunt je van alles in je hoofd halen, De Cock,' ging hij bedaard verder, 'maar Christiaan Cornelissen stierf een natuurlijke dood. Ik begrijp best, dat je daar niet blij mee bent... maar het is niet anders.'
De Cock reageerde voor zijn doen ongewoon fel. Hij klapte met zijn vuist voor zich op het blad van zijn bureau. 'Het is niet van belang,' brieste hij woedend, 'of ik blij ben of niet blij ben met het natuurlijk verscheiden van de heer Christiaan Cornelissen. Ik wil alleen steun... verstandelijke steun... voor mijn overtuiging, dat er iets schort... zowel aan de dood van Zadok van Zoelen als aan de dood van Christiaan Cornelissen. Het kan toeval zijn, dat iemand sterft met een insektebeet in zijn onderarm en een mallotige maillot aan zijn lijf... maar bij te veel toeval gaan mijn nekharen recht overeind staan.'
Vledder spreidde in wanhoop zijn armen.
'Je bent toch geen Don Quichotte? Je gaat toch niet tegen windmolens vechten?' De jonge rechercheur zuchtte diep. 'Dat je bedenkingen had bij het overlijden van Zadok van Zoelen is nog aanvaard-

baar... na zijn dood bleek zijn gehele kostbare verzameling antiek zilver te zijn verdwenen. Maar bij Christiaan Cornelissen? Volgens neef Christiaan was er niets weg... totaal niets... waren alle kostbare schilderijen van Marc Chagall nog in het huis aanwezig.'
De Cock knikte traag. De woede, die even in hem opbruiste, ebde snel weg. Hij had alweer spijt van zijn felle uitval. De grillige accolades rond zijn mond vergleden in een glimlach.
'En er is nog een verschil,' sprak hij vriendelijk. 'Bij Zadok van Zoelen was de toegangsdeur van zijn huis niet op slot... bij Christiaan Cornelissen moest neef Christiaan een sleutel gebruiken om binnen te komen.'
De oude rechercheur zweeg even en wreef met zijn hand langs zijn brede kin. 'Ik heb mij gisterenavond,' ging hij nadenkend verder, 'voor ik insliep nog even met een mogelijk motief beziggehouden. Wanneer er al sprake zou zijn van misdrijf... zo dacht ik... wie hadden dan voordeel bij de dood van Zadok van Zoelen en Christiaan Cornelissen?'
Vledder grinnikte.
'Nicht Ellen, die haar oom Zadok van Zoelen al in geen vijf jaar had gezien. En neef Christiaan, die blijkbaar een goede relatie onderhield met de oom naar wie hij was vernoemd.'
De Cock reageerde niet. Hij kende het antwoord op zijn eigen vraag. Zuchtend krabde hij zich achter in zijn nek. De grijze speurder wist zich hevig gemangeld tussen feiten en gevoelens.
De telefoon op zijn bureau rinkelde. Vledder boog zich voorover en nam de hoorn op. Zijn gezicht betrok. Zonder iets te zeggen legde hij de hoorn al na enkele seconden weer op het toestel terug.
De Cock keek hem aan.
'Wie was het?'
Vledder liet zijn hoofd iets zakken.
'Buitendam... een razende Buitendam... je moet onmiddellijk bij hem komen.'

7

Het vale gezicht van commissaris Buitendam, de lange statige politiechef van bureau Warmoesstraat, stond op storm. Zijn neusvleugels trilden en de kleine ogen onder zijn borstelige wenkbrauwen fonkelden kwaadaardig. Hij wuifde met een slanke hand wat bruusk naar de stoel voor zijn bureau. 'Ga zitten, De Cock,' sprak hij geaffecteerd. 'Ik moet met je spreken.'
De Cock monsterde het gezicht van zijn chef en koos voor de aanval. 'Als het u hetzelfde is,' reageerde hij nonchalant, 'ik blijf liever staan.'
Buitendam kuchte.
'Zoals je wilt,' sprak hij kortaf. Hij rommelde zichtbaar nerveus in een stapel paperassen op zijn bureau en raadpleegde een notitie. 'De heer Medhuizen,' opende hij op plechtige toon, 'onze nieuwe officier van justitie, heeft mij enkele minuten geleden gebeld. Hij was nogal ontstemd.'
De Cock veinsde verbazing.
'Zo,' reageerde hij quasi geschokt, 'dat is bijzonder vervelend. Ik moet zeggen... het stemt mij droevig.'
Het klonk spottend.
Commissaris Buitendam negeerde de opmerking en de spot.
'Jij hebt je vanmorgen,' ging hij onverstoorbaar verder, 'buiten mij om... in verbinding gesteld met onze officier van justitie met het verzoek om door de patholoog-anatoom dokter Rusteloos een gerechtelijke sectie te doen verrichten op het lijk van...' Hij zweeg even en raadpleegde zijn notitie.' ...van ene Christiaan Cornelissen.'
De Cock knikte.
'Buiten u om... u was vanmorgen niet op het bureau aanwezig en ook niet bereikbaar. Ik wilde geen tijd verloren laten gaan.'
Commissaris Buitendam wuifde voor zich uit.
'Maar waarom die gerechtelijke sectie?'
De Cock keek zijn chef ongelovig aan.
'Omdat ik wilde weten wat de doodsoorzaak was... waaraan die Christiaan Cornelissen was overleden.'
'Was er dan sprake van misdrijf?'
De Cock, opnieuw geraakt door zijn intuïtie, dwong zich met moeite tot kalmte.

'In combinatie,' antwoordde hij geduldig, 'met de dood van ene Zadok van Zoelen vorige week... onder bijna identieke omstandigheden... achtte ik misdrijf niet uitgesloten.'
Commissaris Buitendam schraapte zijn keel.
'De heer Medhuizen heeft... eh, gezien jouw verleden... jouw reputatie als rechercheur... dat verzoek tot het doen van een gerechtelijke sectie ingewilligd. Maar tot zijn verbazing berichtte dokter Rusteloos hem vanmorgen na afloop, dat er aan en in het lichaam van die Christiaan Cornelissen geen sporen of aanwijzingen waren, die op enig misdrijf duidden. Volgens de patholoog-anatoom was die man een natuurlijke dood gestorven. Dat die Christiaan Cornelissen aan een gewone hartverlamming overleed, was, zo meende dokter Rusteloos, aan geen twijfel onderhevig.'
De Cock knikte gedwee.
'Dat heb ik inmiddels vernomen.'
Het klonk berouwvol.
Commissaris Buitendam grijnsde. In zijn fletse ogen vonkte een twinkeling van triomf. Hij richtte zich iets op en keek De Cock als een vertoornde vader aan.
'Zo'n gerechtelijke sectie,' sprak hij streng vermanend, 'kost tijd en geld. Veel geld. Het is alles bijeen een kostbare aangelegenheid. Daar zijn gelden van de gemeenschap mee gemoeid. En als je de begrotingsdebatten in de Tweede Kamer weleens volgt, dan weet je... althans kun je weten... dat het budget van politie en justitie uiterst beperkt is.' Hij zweeg even om op adem te komen. 'Het is jouw taak,' ging hij gedragen verder, 'om met die gemeenschapsgelden uiterst zorgvuldig om te gaan en die niet te verspillen... onnodig... aan... eh, aan speculaties... wilde speculaties ontsproten aan jouw... eh, jouw vaak ongebreidelde fantasie.'
De oude rechercheur voelde hoe de woede opnieuw zijn aderen binnenkroop. Zacht, maar onstuitbaar. De neerbuigende toon van de commissaris prikkelde de gevoelige uiteinden van zijn zenuwen.
Bovendien vertelde zijn hart hem, dat hij, De Cock, gelijk had, namelijk dat de dood van Zadok van Zoelen en Christiaan Cornelissen met een misdadig, geheimzinnig waas omgeven was.
Die mistige misdadige sluier op te lichten... daarvan, zo besloot hij, kon geen commissaris van politie of een ontstemde officier van justitie hem weerhouden.
Om de golven adrenaline in zijn bloed te bedwingen drukte hij zijn

nagels in de palm van zijn handen en klemde zijn lippen op elkaar.
Uiterlijk kalm, uitdagend, strijdbaar, zette hij zijn voeten iets uiteen.
'Wanneer,' siste hij van tussen zijn tanden, 'van een lijk de schedel is gekliefd, er kogelgaten in zijn bast zitten en uit zijn rug een dolk steekt, kan de grootste idioot zien dat er sprake is van misdrijf... zelfs een fantasieloze commissaris kan dat. Maar als...'
Verder kwam hij niet. Het gezicht van Buitendam kleurde felrood. Zijn onderlip trilde. Met een gebaar van ingehouden woede strekte hij zijn arm naar de deur.
'Eruit.'
De Cock ging.

Vledder keek naar hem op.
'Was het weer zover?'
De Cock knikte met een bedroefd gezicht.
'Buitendam verweet mij over een ongebreidelde fantasie te beschikken.'
Vledder lachte.
'Misschien heeft hij ook wel gelijk.'
De Cock negeerde de opmerking.
'Ik kreeg van hem een ernstige reprimande. Ik zou gelden van de gemeenschap verkwisten door dure gerechtelijke secties te laten verrichten op mensen, die gewoon een natuurlijke dood waren gestorven.'
Vledder snoof.
'Christiaan Cornelissen.'
'Precies... Christiaan Cornelissen. Dokter Rusteloos deed na afloop van de sectie verslag aan de officier van justitie en mr. Medhuizen lichtte onze commissaris in.'
Vledder grinnikte.
'En die vond het nodig om jou op het matje te roepen.' De jonge rechercheur ademde diep. 'Och, ik kan het wel met hem eens zijn.'
De Cock schudde resoluut zijn hoofd.
'Ik niet. En dat heb ik hem ook gezegd... heel duidelijk en plastisch.' De oude rechercheur maakte een hulpeloos gebaar. 'Toen werd Buitendam kwaad en stuurde mij zijn kamer af.'
Vledder keek hem verwijtend aan.
'Het is telkens hetzelfde. Je moet eens aan die man zijn hart denken.'
De Cock plukte aan het puntje van zijn neus.

'Hart,' herhaalde hij nadenkend. 'Hart.' Ineens draaide hij zich om en beende naar de kapstok.
Vledder kwam achter zijn bureau vandaan en liep hem achterna.
'Waar ga je heen?'
'Naar de Churchilllaan.'
De jonge rechercheur keek hem niet-begrijpend aan.
'Wat is daar?'
De Cock antwoordde niet. Hij trok zijn oude regenjas aan en schoof zijn hoedje over zijn grijze haar.
'Wat is daar?' herhaalde Vledder geprikkeld.
De Cock grijnsde.
'Gisteren even niet bij de les geweest?' vroeg hij met een zweem van sarcasme. 'Daar is de praktijk van dokter Sietse Schuringa.'

Vledder zocht en vond voor hun nieuwe Golf een krap parkeerplaatsje in de Jekerstraat. De beide rechercheurs stapten uit en slenterden via de Maasstraat naar de Churchilllaan.
Op het brede trottoir staarde De Cock verrast naar een mededeling achter het raam. 'De praktijk van dokter Schuringa,' las hij hardop, 'wordt tijdelijk waargenomen door dokter Kloosterveen aan de Amstelkade.'
Vledder las over zijn schouder mee.
'Je hebt pech.'
De Cock reageerde niet. Hij liep naar de deur van de praktijk en drukte op de bel. Er kwam geen reactie.
Vledder schudde zijn hoofd.
'Er is niemand.'
De Cock belde opnieuw. Langdurig.
Na enkele minuten werd de deur geopend door een jonge vrouw in een smetteloos wit nauwsluitend jasschort. Om haar mond lag een verbeten trek. Ze boog zich iets voorover en wees geagiteerd naar de mededeling achter het raam.
'Dokter Schuringa is er niet.'
De Cock nam beleefd zijn hoedje af en maakte een lichte buiging.
'U bent Monique?'
De jonge vrouw knikte traag. In haar ogen lag argwaan.
'Monique van Montfoort,' antwoordde ze bedeesd.
'U bent de assistente van dokter Schuringa?'
'Inderdaad.'

De oude rechercheur boog opnieuw.
'Mijn naam is De Cock... met ceeooceekaa.' Hij duimde opzij. 'En dit is mijn collega Vledder. Wij zijn rechercheurs van politie.'
Monique van Montfoort fronste haar wenkbrauwen.
'Rechercheurs?'
De Cock knikte.
'Van het bureau Warmoesstraat. Wij wilden even praten over enige patiënten van dokter Schuringa.'
Monique van Montfoort schudde haar hoofd.
'Dokter is er niet.'
De Cock glimlachte.
'Dat hebben we inmiddels begrepen,' reageerde hij beminnelijk. 'Maar misschien kunt u ons met een paar inlichtingen van dienst zijn?'
De assistente aarzelde even. Toen deed ze de deur verder open en ging de beide rechercheurs voor naar een betrekkelijk klein vertrek met een bureau. Ze wuifde om zich heen. 'Dit is mijn domein.' Er kwam een glimlach op haar gezicht. 'Ik zal uit de wachtkamer even twee stoelen voor u halen.'
De Cock keek haar na toen ze heupwiegend het vertrek verliet. Neef Christiaan had gelijk, vond hij, Monique van Montfoort was een welgevormde, imponerende schoonheid. Haar lange golvende haren dansten glanzend op haar rug. Ze hadden de zachte warme kleur van ongepelde hazelnoten.
Monique van Montfoort kwam terug en zette twee stoelen neer.
'Over welke patiënten gaat het?' vroeg ze vriendelijk.
De Cock lette op haar reacties.
'Zadok van Zoelen en Christiaan Cornelissen.'
Monique van Montfoort reageerde verrast.
'De heer Van Zoelen is dood... vorige week gestorven.'
De Cock trok zijn gezicht strak.
'De heer Cornelissen is ook dood.'
Monique van Montfoort keek hem met haar grote bruine ogen verschrikt aan. 'Is... is de heer Cornelissen gestorven?' stamelde ze.
De Cock knikte.
'Gisteren... hartverlamming.'
Ze sloeg haar rechterhand voor haar mond. 'Wat vind ik dat erg. De heer Cornelissen was zo'n aardige man.'
'U hebt hem goed gekend?'

Monique van Montfoort maakte een schouderbeweging.
'De heer Cornelissen was een patiënt van dokter Schuringa... al vele jaren. Een gezellige man... maakte graag een praatje. Hier met mij in dit kamertje. Dan pakte ik een stoel voor hem. Soms kwam zijn neef mee en dan babbelden we wat over zijn kunstverzameling... hij was bezeten van een of andere Franse schilder.'
'Marc Chagall.'
In de ogen van Monique van Montfoort kwam een glimp van herkenning. 'Ja, Marc Chagall.'
De Cock tastte in een steekzak van zijn regenjas en diepte daaruit een doosje met medicijnen op. Hij reikte het haar aan. 'Deze medicijnen heb ik bij de heer Cornelissen thuis gevonden.'
Monique van Montfoort bekeek het doosje en knikte.
'Pulvis foliae digitalis.'
De Cock trok zijn neus op.
'Wat?'
Monique van Montfoort lachte.
'Vrijwel alle hartpatiënten krijgen digitalis preparaten voorgeschreven. Het bewerkstelligt een verhoging van het prestatievermogen en een betere doorbloeding van de hartspier. Om een aanval van angina pectoris op te heffen worden nitrieten gegeven. Ik ben er haast van overtuigd dat de heer Cornelissen ook nitroglycerine-tabletten had.'
'Verwachtte u zijn dood?'
Monique van Montfoort vouwde haar handen.
'Dat is moeilijk te zeggen. Er zijn mensen, die met een zwak hart toch heel oud worden.'
De Cock wreef met zijn pink over de rug van zijn neus.
'Die... eh, die heer Van Zoelen... had die ook een kunstverzameling?' vroeg hij achteloos.
Monique van Montfoort maakte een verontschuldigend gebaar. 'Dat weet ik niet. Met die heer Van Zoelen had ik niet zo veel contact. Hij was een wat stugge man, die geen enkele...'
Ze stokte plotseling. De deur van het vertrek ging iets open en het ronde hoofd van een man met donker haar werd zichtbaar. 'O,' zei de man geschrokken, 'ik wist niet, dat je bezoek had.'
Monique van Montfoort kwam lachend overeind.
'Kom erin,' riep ze vrolijk. 'Dit zijn twee heren van de recherche.'
De man stapte aarzelend binnen. De Cock nam hem snel in zich op. De oude rechercheur schatte hem op begin veertig. Hij was goed

gekleed in een stemmig kostuum. Zijn donkere haren werden al grijs aan de slapen. Monique van Montfoort vatte hem bij een arm en stelde hem aan de rechercheurs voor.
'Jurgen... Jurgen Jaarsveld,' kweelde ze opgewekt. 'Een goede vriend van mij.' Ze blikte op haar polshorloge. 'We hadden afgesproken, dat wij samen ergens zouden gaan eten.'
Vledder en De Cock stonden op en drukten de hen toegestoken hand. De oude rechercheur keek de man peinzend aan.
'Jurgen Jaarsveld,' sprak hij bedachtzaam, 'die naam komt mij bekend voor. Ik heb hem beslist weleens ergens gelezen.'
De man lachte en toonde een rij sterke tanden. 'Hopelijk niet in het politieblad,' reageerde hij gniffelend. Toen verdween de lach van zijn gezicht. 'Ik ben journalist,' sprak hij ernstig, 'free-lance... mogelijk hebt u weleens een artikel van mij onder ogen gehad.'
De Cock spreidde zijn handen in onschuld.
'Ik weet het niet meer.' Hij pakte zijn oude hoedje van de vloer en kwam weer overeind. 'We zullen niet langer storen.' Hij wendde zich tot Monique van Montfoort. 'Jammer dat we dokter Schuringa hier niet hebben getroffen. Ik had hem graag ontmoet. Is hij naar een of ander congres?'
Monique van Montfoort schudde haar hoofd.
'Dokter Schuringa is vanmorgen naar Londen gevlogen.'
'Londen?'
Monique van Montfoort glimlachte.
'Naar het beroemde veilinghuis Sotheby. Daar wordt de komende dagen een unieke verzameling antiek zilver geveild.'
De Cock keek haar verward aan.
'Antiek zilver?' De grijze speurder kon de verbazing in zijn stem niet geheel wegdrukken. 'Verzamelt dokter Sietse Schuringa antiek zilver?'
Monique van Montfoort knikte heftig.
'Fanatiek... hij doet er een moord voor.'

8

Ze reden met de Golf van hun parkeerplaatsje in de Jekerstraat weg en stonden op de Vrijheidslaan al in een file.
De Cock schoof de mouw van zijn regenjas iets terug en keek op zijn horloge. Het was, zo zag hij, bijna zes uur. De oude rechercheur richtte zich iets op en keek naar de onafzienbare rij auto's.
'Bezit uw ziel in lijdzaamheid,' bromde hij. 'Het staat zo vast als een huis.'
Vledder knikte.
'Het is de Berlagebrug over de Amstel en verderop het Prins Bernhardplein. Avondspits. Iedereen wil zo gauw mogelijk de stad uit. En eerlijk gezegd... ik kan ze geen ongelijk geven.'
De Cock blikte opzij.
'Ken je geen sluipweggetje om naar de Kit te komen?'
Vledder grinnikte.
'Amsterdam kent geen sluipweggetjes meer.' De jonge rechercheur wees naar een wielrijder, die zich slingerend tussen de auto's door een weg vond. 'Je zult weer op de fiets moeten.'
'Die jatten ze van je.'
Vledder grijnsde.
'Daar moet je helemaal niet moeilijk over doen... dan jat je er gewoon eentje terug.'
De Cock keek zijn jonge collega geschrokken aan.
'Denk jij er zo over?'
Vledder trok zijn schouders op.
'De ene helft van de Amsterdammers,' reageerde hij gelaten, 'rijdt op een fiets die van de andere helft is gestolen.'
De Cock liet zich onderuitzakken.
'Ik heb als rechercheur nog een tijd gekend,' gromde hij, 'dat elke fietsendief onmiddellijk voor de officier van justitie werd geleid... die dan zichtbaar vertoornd een vol jaar gevangenisstraf eiste... een eis, die door de rechter volledig werd ingewilligd onder het credo: een fiets is het vervoermiddel van de arme man, daar moet je met je handen vanaf blijven.'
Vledder schudde zijn hoofd.
'Het is niet te geloven.'
De Cock knikte traag.

'En dat is nog niet eens zo lang geleden,' sprak hij bezorgd. 'Soms zou je wensen, dat er nog zulke rechters waren.'
De jonge rechercheur grinnikte vreugdeloos.
'Al waren die er... zulke straffen voor een dergelijk vergrijp zijn eenvoudig onmogelijk geworden.' Hij gebaarde heftig. 'Dat kan nu niet meer. Absoluut niet. We leven in een andere tijd. Zelfs al zou men overal in het land dependances van de Bijlmerbajes bouwen... er zou toch geen plek zijn om alle gevangenen onder te brengen.'
De Cock reageerde niet. Hij voelde weinig voor een verhitte discussie over de huidige hanteerbaarheid van het strafrecht.
Zijn gedachten dwaalden af naar de zaak die hem bezighield... naar Monique van Montfoort, de knappe, verleidelijke assistente van Sietse Schuringa, een hartspecialist met meer dan landelijke bekendheid... en een fanatiek verzamelaar van antiek zilver.
'Hoe heette dat veilinghuis in Londen?' vroeg hij peinzend.
'Sotheby.'
De Cock plukte nadenkend aan zijn onderlip.
'Die... eh, die unieke verzameling antiek zilver, die daar de komende dagen in Londen wordt geveild... wat dacht je... zou dat de kostbare verzameling van oom Zadok van Zoelen kunnen zijn?'
'Ik geloof, dat commissaris Buitendam gelijk heeft... je hebt een ongebreidelde fantasie,' grinnikte Vledder.
De Cock trok zijn gezicht strak.
'Fantasie,' sprak hij ernstig, 'is een gave Gods. Zonder fantasie los je als rechercheur geen enkele zaak op.'
Vledder gniffelde.
'Het is wel zaak om niet te overdrijven.'
De grijze speurder zweeg. Fantasie betekende voor hem: het zich overgeven aan een spel... het fascinerende spel der verbeelding... het overdenken hoe het geweest zou kunnen zijn. Dat had hem in het verleden dikwijls succes gebracht.
Na een poosje keek hij opzij.
'Weet je wat mij vanmiddag opviel aan het gedrag van de mooie Monique van Montfoort?'
'Nou?'
De Cock plukte een paar maal aan het puntje van zijn neus. Om zijn mond danste een geheimzinnige glimlach.
'Ze heeft geen moment,' antwoordde hij hoofdschuddend, 'naar de reden van onze komst gevraagd... naar het waarom van onze inte-

resse in de dood van haar patiënten Zadok van Zoelen en Christiaan Cornelissen.'

Het was al bijna zeven uur toen ze na een tergende file-tocht achter het monument om de Warmoesstraat in reden.
Het was er uitzonderlijk druk. Voorzichtig, vrijwel stapvoets reed Vledder tussen de wandelaars verder. Het zachte, bijna zwoele weer bracht het sexbedrijf al vroeg op gang.
De jonge rechercheur parkeerde even voorbij de Heintje Hoeksteeg. Ze stapten wat verkreukeld uit en sloften het politiebureau binnen. De hal stond vol nerveuze, opgewonden buitenlanders, die met vreemde keelklanken Jan Kusters probeerden duidelijk te maken wat er van hem werd verlangd.
De wachtcommandant trachtte zijn kalmte te bewaren, maar raakte toch duidelijk geïrriteerd toen de kakofonie nog verder aanzwol.
De Cock keek het tafereeltje enige tijd glimlachend aan. De job van wachtcommandant aan het bureau Warmoesstraat, zo overdacht hij, was niet de gemakkelijkste bij de Amsterdamse politie. Zonder iets van zijn komst te laten merken, sloop hij achter de ruggen van de bezoekers om naar de trap en klom met twee treden gelijk omhoog. Vledder volgde.
Op de bank op de tweede etage zat een heer in een lange groene loden jas en een jagershoedje op met een pluim. Zijn handen steunden op een wandelstok, die hij tussen zijn knieën had geklemd. Toen hij de beide rechercheurs in het oog kreeg, kwam hij snel overeind en bleef martiaal kaarsrecht staan tot de politiemannen hem waren genaderd. Zijn wandelstok hield hij als een geweer bij zijn rechtervoet.
De Cock keek hem blij verrast aan.
'Heer Franciscus Froombosch,' riep hij opgetogen. 'U hebt op onze komst gewacht?'
De heer kuchte.
'Er zat niet veel anders op,' sprak hij geringschattend. 'U was er niet.'
De Cock toonde zijn beminnelijkste glimlach.
'Ik hoop oprecht, dat het voor u niet te lang heeft geduurd.' De grijze speurder maakte een lichte buiging en ging de heer Froombosch voor naar de grote recherchekamer. Daar liet hij hem op de stoel naast zijn bureau plaats nemen. Hij wees naar de wandelstok. 'U bent weer vergezeld van uw geheime wapen?'

Franciscus Froombosch hield zijn degenstok omhoog.
'Wis en waarachtig,' baste hij. 'En reken erop, dat ik er in noodgevallen gebruik van maak.' Hij wees met zijn degenstok in de richting van De Cock. 'En dan mag u de strafzaak tegen mij behandelen.'
De grijze speurder lachte.
'Dat zal ik dan doen... met een bloedend hart.' De Cock liep van hem weg naar de kapstok, nam zijn hoedje af en deed zijn regenjas uit. Daarna slofte hij op zijn gemak naar zijn bureau terug, ging zitten en keek de heer vragend aan. 'Is dit een informele visite... of komt u ons iets melden?'
Franciscus Froombosch verschoof iets op zijn stoel. 'Formeel... min of meer.' Hij boog zich naar De Cock toe. 'Over visite gesproken... ik wilde vanmorgen op bezoek bij mijn goede vriend Christiaan Cornelissen aan de Prinsengracht. Dat is niet ongebruikelijk. Ik bezoek hem wel vaker. Ik werd nu aan de deur ontvangen door een jongeman... die ik vaag van gezicht kende... een neef, die mij zei, dat de heer Cornelissen de vorige dag vrij plotseling was overleden. Het bericht van de dood van de heer Cornelissen schokte mij zo, dat ik zonder verder ook maar iets te vragen weer ben weggegaan.' Hij zweeg even en speelde met de degenstok in zijn hand. 'Eenmaal thuis,' ging hij verder, 'heb ik toch eens over het een en ander nagedacht.'
'En?'
'Wat bedoelt u?'
'Wat was het resultaat van uw overpeinzingen?'
Franciscus Froombosch gebaarde voor zich uit.
'Een besluit... het besluit om u nog eens aan de Warmoesstraat te bezoeken.'
De Cock grinnikte.
'Wel,' reageerde hij met lichte spot, 'aan dat besluit hebt u inmiddels uitvoering gegeven... u zit hier naast mij.'
Franciscus Froombosch schudde zijn hoofd.
'U moet ernstig naar mij luisteren,' sprak hij op bestraffende toon. 'Mijn besluit is niet lichtvaardig genomen. Ik maak mij zorgen. En volgens mij terecht. De heer Zadok van Zoelen is dood en zijn fraaie verzameling antiek zilver is verdwenen. Wat ik mij afvraag... Christiaan Cornelissen is dood... wat is er met zijn kostbare verzameling schilderijen van Marc Chagall gebeurd?'
'Niets.'

Franciscus Froombosch keek hem ongelovig aan.
'Niets?'
De Cock schudde zijn hoofd.
'De schilderijenverzameling van de heer Cornelissen is nog geheel intact. Volgens neef Christiaan, die het totale vermogen, inclusief de gehele kunstverzameling van zijn oom erft, ontbreekt er geen stuk. Alle schilderijen die de heer Cornelissen in de loop der jaren van Marc Chagall heeft verworven, zijn nog in het huis aanwezig.'
Franciscus Froombosch slaakte een zucht van verlichting.
'Daar ben ik blij om.'
De Cock keek hem schattend aan.
'U had iets anders verwacht?'
Franciscus Froombosch knikte.
'Ik dacht... het is bij Zadok van Zoelen begonnen... dood en zijn verzameling weg. Dan volgt Christiaan Cornelissen... dood en...'
Hij maakte zijn zin niet af.
'Begrijpt u... daarom ben ik zo blij, dat er na zijn dood aan zijn verzameling niets ontbreekt... dat we niet langzaam worden uitgeroeid.'
De Cock kneep zijn wenkbrauwen samen.
'Uitgeroeid?' vroeg hij scherp. 'Wie wordt er langzaam uitgeroeid?'
Franciscus Froombosch slikte een paar maal. Zijn adamsappel danste heen en weer. De knokkels van zijn rechterhand, waarmee hij zijn oude degenstok omklemde, werden wit. 'Ons... eh,' stamelde hij beverig, 'ons Klavertje van Vier.'
Hoewel De Cock inwendig popelde om verder te gaan, wachtte de grijze speurder geduldig tot de oude heer zijn emoties weer enigszins de baas was. 'Uw... eh, uw Klavertje van Vier?'
Franciscus Froombosch knikte.
'De meeste kunstverzamelaars kennen elkaar,' legde hij uit. 'Bij naam en toenaam. Ze ontmoeten elkaar in galerieën, op veilingen, bij antiquairs... en praten met elkaar over hun ervaringen. De heren Zadok van Zoelen en Christiaan Cornelissen behoorden tot een viertal, waartoe ik ook behoor. We worden in kunstkringen wel spottend het Klavertje van Vier genoemd... ook al, omdat wij vaak op een gelukkige wijze onze verzameling konden uitbouwen.'
De Cock hield zijn hoofd schuin.
'Wie is... of was...' vroeg hij voorzichtig, 'de vierde in het Klavertje van Vier?'

Het gezicht van Franciscus Froombosch klaarde iets op. Om zijn mond speelde een dunne glimlach. 'Is... gelukkig... nog steeds... is,' antwoordde hij met nadruk. 'Ik was vanmiddag nog even bij hem op de Herengracht... mijn goede vriend Nicolaas... Nicolaas van Noordeinde. Hij is een verwoed verzamelaar van klokken en horloges.'
De Cock wuifde.
'Heeft... eh, heeft die Nicolaas van Noordeinde een mooie verzameling?' vroeg hij geïnteresseerd.
Franciscus Froombosch klakte met zijn tong.
'Fantastisch,' riep hij enthousiast. 'Nicolaas van Noordeinde is een expert. Wat hij niet van klokken en horloges weet... is ook beslist de moeite van het weten niet waard. Nicolaas heeft daarbij een uitzonderlijk gelukkige hand van kopen. Zijn verzameling pendules is waarlijk sprookjesachtig. Van alles wat er op dat gebied ooit is gemaakt, heeft hij exemplaren... een pendule mysterieuse... een pendule de voyage... een pendule d'officier... en heel bijzonder... een pendule sympathique.'
De Cock beluisterde de opgewonden toon.
'Kostbaar?'
'Uitermate.'
'En die verzameling heeft hij thuis?'
Franciscus Froombosch knikte traag en op zijn gezicht kwam weer een sombere trek. 'Van een kunstverzameling moet men als verzamelaar kunnen genieten. Die dingen moet men om zich heen hebben. Men moet de mogelijkheid hebben om ze elke dag, elk uur, elk moment te kunnen bekijken... en bewonderen.' Hij zweeg even en liet zijn hoofd iets zakken. Na lange seconden keek hij op. 'Heer De Cock,' ging hij gedragen verder, 'ik verzamel netsukes... al een leven lang. Ik ben trots op mijn verzameling. Ik wil mijn verzameling niet kwijt... voor geen goud... en... ik wil niet dood.'

9

Toen Franciscus Froombosch zwaaiend met zijn degenstok was vertrokken, viel er tussen de beide rechercheurs een diep stilzwijgen. Boven hun hoofden zoemde een defecte TL-balk en van buiten drong het geroezemoes van bekende straatgeluiden tot hen door... flarden muziek uit open cafédeuren, het lallen van een dronken sloeber, het felle krijsen van een hoer.
Het was Vledder, die na enige tijd het zwijgen verbrak.
'Die oude heer Franciscus Froombosch,' sprak hij misprijzend, 'is een tobberd... een armzalige tobberd. Die man haalt zich van alles in zijn hoofd.' Hij keek naar zijn oudere collega een brede grijns op zijn jong gezicht. 'Komt dat met het klimmen der jaren?'
De Cock trok zijn gezicht strak.
'De oude heer Froombosch,' sprak hij ernstig, 'ervaart een gevoel van dreiging. Dat overkomt een ieder wel eens. Het heeft dan ook niets met leeftijd te maken. Zo'n gevoel van doodsdreiging kan heel wezenlijk zijn. En Franciscus Froombosch wil niet dood.'
Vledder grinnikte.
'Wie wel... welke geestelijk normale man of vrouw, die recht van lijf en leden is, wil er dood? Dat ik-wil-niet-dood van die Franciscus Froombosch is in mijn oren een dwaze kreet.' De jonge rechercheur schudde heftig zijn hoofd. 'Bovendien mist dat gevoel van hem elke grond. Er bestaat voor de heer Froombosch geen enkele dreiging met de dood. Het zijn muizenissen... en niet meer dan dat.'
De Cock keek naar hem op.
'Vind je?' vroeg hij simpel.
Vledder knikte nadrukkelijk.
'Zadok van Zoelen en Christiaan Cornelissen bezweken aan een hartverlamming. Laten we daar niet weer over beginnen... dat staat onomstotelijk vast. Dat ze beiden ook een kunstverzameling hadden is een pure toevalligheid. Het is onzinnig om daar een misdadig verband in te zoeken.'
De Cock wreef over zijn kin.
'Ze stierven beiden in een mallotige maillot.'
Vledder spreidde zijn armen.
'En wat zegt dat?' riep hij uitdagend. 'Hoeveel mensen dragen er een maillot? Duizenden, tienduizenden, honderdduizenden? Misschien

nog wel meer. Als het dragen van een maillot al een misdaad is...'
De jonge rechercheur maakte zijn zin niet af.
De Cock schudde zijn hoofd.
'Je moet zindelijk blijven redeneren,' sprak hij bestraffend, 'met redelijke argumenten. Natuurlijk is het dragen van een maillot niet strafbaar. Maar het feit dat beide kunstverzamelaars in een mallotige maillot stierven, geeft mij te denken... roept louter achterdocht in mij wakker.'
Vledder greep naar zijn hoofd en zuchtte diep. 'Ik geef onmiddellijk toe,' sprak hij ontmoedigd, 'dat bij de vele zaken, die wij samen in het verleden hebben behandeld, jij het achteraf steeds bij het rechte eind had. Dat valt niet te betwisten. Maar ditmaal, De Cock...'
De jonge rechercheur stokte. Er werd op de deur van de recherchekamer geklopt. Hij kwam half uit zijn stoel overeind en riep: 'Binnen.'
Het klonk niet vriendelijk.
De deur ging langzaam open en in de deuropening verscheen de kleine tengere gestalte van een man in een te lange regenjas. Over zijn vriendelijk muizesnuitje gleed een verlegen lachje.
De Cock kwam onmiddellijk van achter zijn bureau vandaan en liep blij verrast op hem toe. 'Smalle Lowietje,' riep hij vrolijk, haast uitbundig. 'Een dikke streep aan de balk. Ik kan het mij nauwelijks herinneren. Het is beslist jaren geleden, dat je in hoogst eigen persoon naar de Kit kwam.'
De tengere caféhouder grinnikte.
'Ik kom hier ook liever niet,' sprak hij wat mistroostig. 'Begrijp je, het is niet goed voor mijn image. Als ze mij hier naar binnen zien gaan, denken ze, dat ik een versliecheraar* ben.'
De Cock keek verholen naar de klok boven de toegangsdeur van de grote recherchekamer. 'Het is bijna tien uur,' stelde hij hardop vast. 'De business is nu juist in volle gang. Kon je in je etablissement wel worden gemist?'
Smalle Lowietje schudde zijn hoofd.
'Feitelijk niet. Ik zal het ook niet te lang maken. Ik heb even een vervanger in mijn etablissement gezet. En vervangers weet je... vervangers gappen van je... altijd.' De caféhouder liet zich op de

---

* Een verrader... een politiespion.

stoel naast het bureau van De Cock zakken en keek vragend omhoog. 'Heb je al iets van dat antieke zilver boven water kunnen brengen?'
De Cock keek hem schuins aan.
'Je bedoelt van oom Zadok?'
'Ja.'
De Cock schudde zijn hoofd.
'Het is een ondoorzichtige affaire,' sprak hij triest. 'Ik weet echt niet wat ik er van moet denken. En ik moet je eerlijk zeggen, dat ik er ook nog geen benul van heb in welke richting ik het moet zoeken.'
Smalle Lowietje verschoof iets op zijn stoel en tastte met een van zijn kleine handjes in een zijzak van zijn regenjas. Behoedzaam diepte hij daaruit een kleine zilveren beker op. Met een liefdevol gebaar zette hij de beker op het bureau van De Cock. Zijn oogjes glinsterden en op zijn vriendelijk muizesmoeltje lag een glimlach.
'Kijk eens!' riep hij triomfantelijk.
Met een blik vol ongeloof staarde de grijze speurder naar het zilveren kunstwerk op zijn bureau.
'Wat is dat?' vroeg hij onzeker.
Smalle Lowietje grijnsde.
'Een doopbeker,' riep hij enthousiast, 'een echte zwaar zilveren antieke doopbeker met drijfwerk versierd. Uit achttienhonderdvierenvijftig.' De tengere caféhouder gebaarde levendig. 'In de vorige eeuw gaven rijke en chique mensen zo'n mooi bewerkte zilveren beker als doopgeschenk. Ze lieten er dan aan de buitenkant de datum van geboorte in graveren en ook de initialen van het kind.' Hij strekte zijn rechterwijsvinger naar de beker uit. 'Moet je maar zien... hier in het midden... J.C.A.M. van K., geboren 21 juli 1854.'
De Cock plukte aan zijn onderlip.
'Hoe kom je eraan?'
Smalle Lowietje friemelde aan een knoop van zijn te grote regenjas.
'Gekocht,' sprak hij vaag. 'Vanmiddag, in mijn etablissement.' Hij wuifde met een nonchalant gebaar in de richting van de zilveren beker. 'Een paar tientjes handel.'
De Cock fronste zijn wenkbrauwen.
'Een paar tientjes?'
Zijn stem beefde van ongeloof.
De caféhouder knikte.

'Een paar tientjes,' herhaalde hij. 'Meer wilde ik die junk er niet voor geven.'
'Een junk?'
Smalle Lowietje knikte opnieuw.
'Een junk. Ik ken hem verder niet. In de buurt van de pillenbrug* wordt hij 'De Rus' genoemd.'
De Cock slikte. Met trillende hand wees hij naar de kleine zilveren beker voor zich op zijn bureau.
'Uit... eh, uit de collectie van oom Zadok van Zoelen?' vroeg hij beverig.
Smalle Lowietje knikte traag.
'Geen twijfel mogelijk. Ik heb deze antieke doopbeker destijds zelf aan hem verkocht.' Er gleed een zoete grijns over zijn vriendelijk muizesnuitje. 'En voor aardig wat meer.'

'Wanneer gaan we hem arresteren?'
De Cock fronste zijn wenkbrauwen.
'Wie?'
Vledder keek hem verwonderd aan.
'Wladimir Wiardibotjov.'
'Waarom?'
Vledder grinnikte vreugdeloos.
'Wat een vraag,' riep hij hoorbaar geprikkeld. 'Voor de diefstal van de antieke zilververzameling van Zadok van Zoelen. Je hebt gehoord wat Smalle Lowietje zei: hij had de doopbeker voor een paar tientjes gekocht van een junk... een junk, die op de pillenbrug "De Rus" wordt genoemd. Die bijnaam heeft hij ongetwijfeld te danken aan zijn vrijwel onuitspreekbare Russisch klinkende naam.' De jonge rechercheur raakte geëmotioneerd. 'Ook het signalement dat Smalle Lowietje van die junk gaf wijst op Wladimir Wiardibotjov... een zwarte slobbertrui met col en een vale spijkerbroek met bleekvlekken.'
De Cock glimlachte.
'Zo gekleed lopen er in het junkenwereldje nog wel een paar rond.' Hij zweeg even en keek geïnteresseerd naar de fraaie zilveren doopbeker, die Smalle Lowietje op zijn bureau had achtergelaten. 'Een paar tientjes,' mompelde hij ongelovig. De oude rechercheur besefte

---

* Brug over de Wallen waar drugs worden verhandeld.

ineens ten volle waarom stelende junks nooit naar een heler behoefden te zoeken. Het kopen van gestolen goed kon erg profijtelijk zijn. Zijn blik dwaalde van de zilveren doopbeker terug naar Vledder.
'We zullen uiteraard voor een confrontatie moeten zorgen,' ging hij verder, 'Een confrontatie tussen Smalle Lowietje en... eh, en Wla... Wla... Wla-di-mir Wia... Wia... Wi-ar-di-bot-jov.' Zijn tong struikelde over de vreemde naam.
'En als Smalle Lowietje onze Wladimir Wiardibotjov herkent als de man, van wie hij in zijn etablissement voor een paar tientjes die zilveren doopbeker heeft gekocht?' vroeg Vledder.
De Cock maakte een schouderbeweging.
'Als Wladimir ons dan geen redelijke verklaring omtrent de herkomst van die doopbeker kan geven, dan overweeg ik zijn arrestatie.'
Vledder grijnsde breed.
'Dus toch?'
Het klonk cynisch.
De Cock knikte.
'Daarbij geldt,' ging hij onverstoorbaar verder, 'dat Wladimir ruimschoots in de gelegenheid is geweest om de diefstal te plegen. Hij zou, vóór hij de politie van de dood van zijn oom verwittigde, gemakkelijk de hele zilververzameling van zijn oom Zadok uit het huis aan de Keizersgracht hebben kunnen weghalen... ongestoord.'
De grijze speurder pauzeerde opnieuw. Nadenkend. Hij stak zijn beide handen naar voren en drukte de vingertoppen tegen elkaar.
'Toch heb ik een paar bezwaren tegen Wladimir Wiardibotjov als mogelijke dader.'
Vledder keek hem verbaasd aan.
'Als Smalle Lowietje hem als de verkoper van die doopbeker herkent... wat wil je dan nog meer? Dan is de zaak toch rond? Wladimir moet ons dan alleen nog even vertellen waar hij de rest van de kunstverzameling heeft gelaten.'
De Cock keek bedenkelijk.
'Die paar tientjes zitten me dwars.'
'Waarom?'
'Wladimir kende de verzameling van zijn oom Zadok en wist hoe kostbaar die was. Ik kan mij niet indenken, dat hij een enkel stuk uit die verzameling voor een paar tientjes verkoopt.'
Vledder keek hem ongelovig aan.

'Je weet hoe het gaat met junks,' riep hij opgewonden. 'Als hun vergiftigd bloed om een shot schreeuwt, dan denken ze niet rationeel meer... dan is er geen ruimte meer voor overwegingen... voor een koel zakelijk overleg.' De jonge rechercheur spreidde zijn armen. 'Van dat ongecontroleerde, impulsieve misdadige gedrag kent de praktijk van ons recherchewerk toch tal van voorbeelden? Wladimir Wiardibotjov heeft geldzorgen... al geruime tijd.' De jonge rechercheur schudde zijn hoofd. 'Ik vind het niet zo vreemd, dat hij die fraaie zilveren beker voor een appel en een ei heeft verkocht.'
De Cock keek naar hem op.
'En hoe breng je Wladimir Wiardibotjov dan in verband met de dood van Christiaan Cornelissen?'
De mond van Vledder viel half open.
'Moet dat?' riep hij verrast. 'Moet er een verband bestaan tussen de dood van Christiaan Cornelissen en Wladimir Wiardibotjov? Daartoe bestaat volgens mij geen enkele reden. Wladimir Wiardibotjov is een neef van oom Zadok van Zoelen en van oom Zadok van Zoelen is een zilververzameling gestolen. Punt uit. Ik heb het al vaker betoogd... het geval Christiaan Cornelissen staat daar volkomen buiten.'
De Cock sloot even zijn ogen en zuchtte. Daarna keek hij omhoog naar de grote klok. Het was al kwart over elf. Hij kwam zacht kreunend uit zijn stoel overeind. 'Ik ga naar huis. Het is mooi geweest voor vandaag. Morgen is er een nieuwe dag... misschien, dat ik je er dan van kan overtuigen dat de dood van Zadok van Zoelen en de dood van Christiaan Cornelissen geen twee op zichzelf staande gevallen zijn.' Hij borg de doopbeker voorzichtig in een lade van zijn bureau en sloot die af. Daarna slofte hij zichtbaar vermoeid naar de kapstok.
Vledder kwam hem na.
'Zorg, dat je morgenochtend een beetje op tijd in de recherchekamer bent.'
De Cock wurmde zich in zijn regenjas.
'Op tijd?' Hij grinnikte vrolijk. 'Dat is tegen mijn gewoonte.'
Vledder knikte.
'Precies. Daarom vraag ik het je ook.'
De Cock fronste zijn wenkbrauwen.
'Wat wil je dan?'
Vledder zwaaide geagiteerd.

'Zo vroeg mogelijk op pad om Wladimir Wiardibotjov van zijn bed te lichten.'
De Cock keek zijn jonge collega secondenlang aan. Toen schudde hij verwijtend zijn hoofd.
'Onverbeterlijke stijfkop.'
Vledder maakte een grimas.
'Stijfkop,' herhaalde hij gnuivend. 'Heb je weleens in een holle spiegel gekeken?'
De Cock reageerde niet. Hij voelde zich te vermoeid voor een wederzijdse karakterontleding. Omzichtig schoof hij zijn oude hoedje over zijn stugge grijze haren en liep in zijn zo typische slentergang naar de deur.
Vrijwel op hetzelfde moment stormde een jongeman met een gejaagde blik in zijn ogen de recherchekamer binnen. Zijn gezicht zag rood en zijn blonde haren lagen verward om zijn hoofd.
De oude rechercheur keek hem verwonderd aan.
'Christiaan Cornelissen,' riep hij bezorgd, 'wat is er gebeurd?'
De jongeman gebaarde heftig.
'Ze zijn vals.' Hij viel op een stoel neer en verborg zijn hoofd in zijn handen. 'Ze zijn vals.'
De Cock liep op hem toe en trok zijn handen van zijn gezicht weg.
'Wie zijn vals?' vroeg hij scherp.
Christiaan Cornelissen slikte.
'Marc Chagall... al de schilderijen van Marc Chagall in het huis van mijn oom zijn vervalsingen.'

10

'Vervalsingen?'
Christiaan Cornelissen keek met een rood betraand gezicht naar de grijze speurder op.
'Geen enkel schilderij is echt,' jammerde hij.
De Cock fronste zijn wenkbrauwen
'Niet van Marc Chagall?'
Christiaan Cornelissen liet zijn hoofd zakken.
'Het zijn imitaties... vervalsingen... geraffineerde vervalsingen.'
De Cock keek vanuit de hoogte met gemengde gevoelens op de schokschouderende jongeman neer. De oude rechercheur hield niet van huilende en jammerende mannen. Ze wekten altijd een lichte wrevel bij hem op.
Hij schoof zijn oude hoedje tot achter op zijn hoofd, liep bij hem weg en ging met zijn regenjas aan achter zijn bureau zitten. Eerst nadat de jongeman weer wat tot bedaren was gekomen, wenkte hij hem naar zich toe.
'Wie zegt dat het vervalsingen zijn?' vroeg hij streng.
Christiaan Cornelissen nam naast zijn bureau plaats.
'Een expert.'
'Hebt u die geraadpleegd?'
Christiaan Cornelissen wreef met de rug van zijn hand de tranen uit zijn ogen.
'Wijlen mijn oom Christiaan was beslist een aardige man,' sprak hij zacht, 'maar zijn administratie is een complete chaos. Er staat niets op papier... totaal niets. Van zijn omvangrijke collectie schilderijen heb ik geen enkele beschrijving kunnen vinden.'
De Cock toonde verbazing.
'Waren die schilderijen dan niet verzekerd?'
Christiaan Cornelissen maakte een hulpeloos gebaar.
'Geen flauw idee. Ik heb in ieder geval nergens een polis kunnen vinden. Zijn begrafenis zal ik zelf moeten bekostigen. Er is zelfs geen brandverzekering voor zijn huis.'
'Slordig.'
Christiaan Cornelissen knikte instemmend.
'Wel vond ik in zijn bibliotheek tal van boeken over het werk van Marc Chagall. In een boek met afbeeldingen had oom Christiaan de

schilderijen die hij van Marc Chagall in zijn bezit had, aangekruist.'
De jongeman grinnikte vreugdeloos. 'Dat was zijn enige inventarisatie.'
'Toen hebt u een expert laten komen?'
Christiaan Cornelissen knikte.
'Ik had uiteraard zelf wel een inventarisatie kunnen opmaken, maar ik was vooral benieuwd wat de huidige marktwaarde van de kunstverzameling was.'
De Cock keek hem schuins aan.
'U wilde de verzameling van de hand doen?'
Christiaan Cornelissen schudde resoluut zijn hoofd.
'Nee, nee, zeker niet. Ik was alleen benieuwd of de verzameling inderdaad erg kostbaar was. Ik heb mij in verbinding gesteld met het Stedelijk Museum hier in Amsterdam. Toen ik te kennen gaf, dat ik eventueel bereid was om enige werken uit de nalatenschap van mijn oom aan het museum af te staan, hebben zij mij een expert gestuurd... een kenner van het werk van Marc Chagall.'
De Cock knikte begrijpend.
'En die zei,' sprak hij samenvattend, 'dat de schilderijen van uw oom geen echte werken van Marc Chagall waren, maar vervalsingen.'
Christiaan Cornelissen sloot even zijn ogen.
'Er was geen enkele echte bij.'
De Cock knikte. 'Dat zei u al.' Hij gebaarde in zijn richting. 'U had geen enkel vermoeden dat het vervalsingen waren?'
Christiaan Cornelissen bracht in een wanhoopsgebaar zijn beide handen naar zijn hoofd. 'Ik wilde het niet geloven,' sprak hij opgewonden. 'Echt niet. Ik was totaal verbijsterd. Ik heb ook heel onheus tegen die man gezegd, dat hij geen expert was, maar een charlatan, die het werk van Marc Chagall niet kende.'
De jongeman zweeg even; ging op rustiger toon verder.
'Oom Christiaan was bezeten van het werk van Marc Chagall. Hij kon je urenlang uitleggen waarom hij een bepaald schilderij zo mooi vond. Het is voor mij vrijwel ondenkbaar, dat hij van deze man, die hij zo intens bewonderde, imitaties aan zijn muur zou hangen.'
De Cock staarde langs de jongeman heen in het niets.
'Misschien,' sprak hij geheimzinnig, 'heeft hij dat ook nooit gedaan.'

Vledder liet verbaasd zijn rappe vingers op de toetsen van zijn elektronische schrijfmachine rusten, toen hij De Cock de volgende morgen precies om acht uur de grote recherchekamer zag binnenstappen. Zijn mond zakte half open. 'Wat ben je vroeg!'
De grijze speurder ging aan de kapstok voorbij, liep op hem toe en spreidde zijn armen.
'Ben je zover?'
Vledder keek hem niet-begrijpend aan.
'Wat bedoel je?'
De Cock toonde verwondering.
'Jij had toch een plannetje?'
'Ik?'
De Cock knikte nadrukkelijk.
'Je wilde toch zo vroeg mogelijk op pad om Wladimir Wiardibotjov van zijn bed te lichten... of ben je van gedachten veranderd?'
Vledder liet zijn hoofd iets zakken.
'Doe je regenjas uit. Ik wil eerst met je praten.'
De Cock glimlachte.
'Zeg het maar,' sprak hij bemoedigend. 'Ik houd mijn jas er wel bij aan.'
Vledder keek ernstig naar hem op.
'Ik ben bekeerd.'
De Cock knikte.
'Mooi,' reageerde hij plechtig, 'dat de Here je in genade moge aannemen.'
Vledder schudde zijn hoofd.
'Dat bedoel ik niet. Ik ben bekeerd tot jouw zienswijze... jouw zienswijze, dat de dood van Zadok van Zoelen en Christiaan Cornelissen wel degelijk op een of andere manier met elkaar in verband staan. Dat is mij gisterenavond duidelijk geworden na het bezoek van die neef Christiaan.'
De Cock gniffelde.
'Twee dode kunstverzamelaars en twee na hun dood verdwenen kunstverzamelingen.'
Vledder knikte.
'Ik heb gisteravond heel goed naar het betoog van neef Christiaan geluisterd en ik geloof wel degelijk dat hij gelijk heeft. De schilderijen, die zijn oom van Marc Chagall aan de muur had hangen, waren echt en geen imitaties... geen vervalsingen.'

De Cock keek hem schuins aan.
'En hoe komen die vervalsingen dan in zijn huis?'
Vledder reageerde verward.
'Die... eh, die moet iemand daar hebben opgehangen.'
'Verruild?'
Vledder knikte heftig.
'Voor de echte... vermoedelijk in de overtuiging, dat de verwisseling niet zo snel zou worden opgemerkt.'
'Wanneer?'
'Wat bedoel je?'
'Wanneer werden die schilderijen verruild?'
Vledder keek hem nadenkend aan.
'Dat... eh, dat,' stotterde hij onthutst, 'moet na de dood van de heer Christiaan Cornelissen zijn gebeurd. Dat kan praktisch niet anders. Als die expert van het Stedelijk Museum de vervalsingen direct ontdekt... onderkent, dan had de heer Cornelissen dat beslist ook gedaan... hij had al vele jaren de schilderijen dagelijks om zich heen en kende de technieken van Marc Chagall als geen ander.'
De Cock ging achter zijn bureau zitten en keek zijn jonge collega bewonderend aan.
'Heel goed, heel goed,' riep hij opgewekt. 'Je begint weer positief te denken.' De oude rechercheur plukte aan het puntje van zijn neus. 'Toch lijkt het mij zaak om voorzichtig te zijn met onze conclusies.'
'Waarom?'
De Cock trok een bedenkelijk gezicht.
'Wat mij sinds gisterenavond dwars zit is het feit, dat de kunstverzameling van de heer Cornelissen vermoedelijk niet was verzekerd... althans, neef Christiaan kan geen polis vinden. Dat niet verzekerd zijn kan duiden op een verregaande slordigheid... nonchalance van de heer Cornelissen... of de koele overweging, dat de schilderijen toch geen waarde hadden.'
De ogen van Vledder werden groot.
'Je bedoelt, dat de heer Cornelissen mogelijk wist dat het vervalsingen waren?'
Voordat De Cock kon antwoorden, werd er op de deur van de recherchekamer geklopt en Vledder riep: 'Binnen.'
De deur ging langzaam open en in de deuropening verscheen de gestalte van een jonge vrouw in een glimmend zwarte laklederen regenmantel, waarlangs het water op de vloer drupte. Ze nam be-

hoedzaam haar regenhoedje af en een weelde van lang blond haar golfde over haar schouders. Langzaam, licht heupwiegend, een modieus beugeltasje zwengelend aan haar rechterhand, zweefde ze naderbij.
De Cock kwam uit zijn stoel overeind en schudde haar hartelijk de hand. 'Regent het weer?' vroeg hij vriendelijk. 'Ik ben een half uurtje geleden nog droog overgekomen.'
Ellen van Zoelen nam naast zijn bureau plaats en knikte.
'Wanneer regent het in dit natte kikkerlandje nu eens niet,' reageerde ze mistroostig.
De Cock bracht zijn borst iets naar voren.
'O land van mest en mist,' declameerde hij, 'van vuile koude regen.'
De vrouw voor hem lachte.
'Ik zou hier toch niet weg willen.' Ze knoopte haar regenmantel los.
'Weet u al iets van oom Zadoks verzameling zilver?'
De Cock dacht aan de zilveren doopbeker in de lade van zijn bureau en schudde zijn hoofd.
'We zijn nog niet veel verder gekomen.'
Ellen van Zoelen keek naar hem op.
'Misschien heb ik u iets voor,' sprak ze gedragen, 'dat u op weg kan helpen.'
De Cock glimlachte beminnelijk.
'Graag.'
Ze verschoof zich iets op haar stoel.
'Ik heb gisteren,' opende ze voorzichtig, 'in de krant de rouwadvertentie gelezen van de heer Christiaan Cornelissen, bij leven taxateur. Die heer Cornelissen heb ik gekend.'
De Cock reageerde verrast.
'U hebt de heer Cornelissen gekend?' vroeg hij ongelovig.
Ellen van Zoelen knikte met een ernstig gezicht.
'Hij was een goede vriend van oom Zadok. Wanneer ik als kind in Amsterdam bij oom Zadok en tante Sophie logeerde, kwam hij vaak op visite... soms vergezeld van zijn neef.'
De Cock fronste zijn wenkbrauwen.
'Christiaan, die naar zijn oom was vernoemd?'
Ellen schudde haar hoofd.
'Die niet. Met hem heb ik gisterenavond heel laat voor het eerst gesproken... door de telefoon. Nee, ik bedoel een oudere neef... een jaar of tien, twaalf ouder dan ik. Hij heette Cornelis Cornelissen,

maar omdat hij dat een akelige naamsverbinding vond, liet hij zich Carry noemen... Carry Cornelissen.'
De Cock glimlachte.
'Die zit in Amerika.'
Ellen van Zoelen knikte vaag voor zich uit.
'Dat zei neef Christiaan Cornelissen mij gisterenavond ook,' reageerde ze wat dromerig.
De Cock keek haar niet-begrijpend aan.
'Waarom belde u Christiaan?'
Om de lippen van Ellen van Zoelen speelde een glimlach.
'Eerstens om hem te condoleren met het verlies van zijn oom. Ik had zijn naam onder die rouwadvertentie gelezen. Bovendien was ik nieuwsgierig.'
'Waarnaar?'
'Naar de kunstverzameling van de heer Cornelissen. Hij bezat kostbare schilderijen. Ik vroeg mij af of die verzameling... net als bij oom Zadok... na zijn dood was verdwenen.'
De Cock keek haar onderzoekend aan.
'Hoe... eh, hoe komt u op die gedachte?' vroeg hij verrast.
Ellen van Zoelen trok haar schouders op.
'Noem het vrouwelijke intuïtie.' Ze zuchtte diep. 'Maar er is nog iets meer. Die rouwadvertentie van de heer Cornelissen bracht mij een voorval in herinnering. Ongeveer twee weken voor de dood van oom Zadok zag ik op het station in Utrecht een man staan, die ik onmiddellijk herkende... Carry... Carry Cornelissen.'
De Cock kneep zijn wenkbrauwen samen.
'Op het station in Utrecht?'
Ellen van Zoelen knikte nadrukkelijk.
'Ik liep naar hem toe en zei: dag Carry.' Haar knap gezicht betrok. 'Toen gebeurde er iets vreemds. Ik zag aan zijn gehele houding, aan zijn gezicht, dat hij mij herkende... met een schok. Even staarde hij mij aan en toen... zonder iets te zeggen, draaide hij zich abrupt om en liep met grote stappen van mij weg. Ik ben nog achter hem aan gegaan, maar er liep net een trein uit, en in het gewoel raakte ik hem kwijt.'
De Cock keek haar strak aan.
'U kunt zich niet vergissen?'
Ellen van Zoelen klopte met de vingertoppen van haar rechterhand een paar maal tegen de zijkant van haar hoofd. 'Dat gezicht van

Carry Cornelissen vergeet ik nooit. Toen ik wat ouder werd, begon hij mij lastig te vallen, zodat ik hem steeds moest ontwijken. Oom Zadok en tante Sophie waarschuwden mij ook altijd voor hem. Blijf uit zijn buurt, zeiden zij dan, die jongen deugt niet.'

11

Ze verlieten in hun Golf de steiger achter het politiebureau. Vanaf de Oudebrugsteeg reden ze naar het Damrak. De zwaaiende wissers zwiepten de regen van de voorruit weg. De Cock keek er een poosje naar en liet zich toen onderuit zakken.
Vledder, aan het stuur, blikte opzij.
'Heb je die zilveren doopbeker bij je gestoken?'
De Cock knikte.
'Hij ligt op de achterbank. Ik heb hem met wat vloeipapier in een doosje verpakt.'
'Gaan we die Wladimir Wiardibotjov... wat een naam... nu echt arresteren?'
De Cock trok zijn schouders op.
'Dat hangt grotendeels van zijn verhaal af... wat hij ons over die zilveren beker kan vertellen. Bovendien zitten we, juridisch gezien, nog met het probleem van de confrontatie.'
Vledder keek hem verast aan.
'Wat voor een probleem?'
De Cock glimlachte.
'Ik ken mijn vriend Smalle Lowietje al een eeuwigheid. De caféhouder is best bereid om veel voor ons te doen. Dat heeft hij in het verleden dikwijls bewezen... zolang het maar vrijblijvend en informeel blijft. Begrijp je, een echte getuigenverklaring, waarmee je een gedegen bewijsvoering kunt opbouwen, moet je van Smalle Lowietje niet verwachten.'
'Je bedoelt, dat Smalle Lowietje het ons niet zal willen zeggen, dat Wladimir Wiardibotjov de Rus is van wie hij die doopbeker kocht?'
De Cock grinnikte.
'Hij zal het ons wel zeggen... entre nous. Geloof maar niet, dat je Smalle Lowietje zover krijgt, dat hij voor de rechtbank onder ede een verklaring gaat afleggen.' De oude rechercheur schudde zijn hoofd. 'Dat zou ik, eerlijk gezegd, ook niet van hem verlangen.'
'Waarom niet?'
De Cock grijnsde.
'Noem het een gentlemen's agreement.'
Ze reden een poosje zwijgend voort. Vledder had al zijn aandacht

nodig om de Golf door het chaotische Amsterdamse verkeer te loodsen.

Toen ze in de Vijzelstraat onwrikbaar in een file waren beland, omdat een potige vrachtwagenchauffeur doodgemoedereerd midden op de rijbaan zijn wagen ging staan lossen, keek de jonge rechercheur opzij.

'Je deed vanmorgen zo geheimzinnig, toen Ellen van Zoelen naar de zilververzameling van haar oom Zadok vroeg. Waarom heb je haar die zilveren doopbeker niet laten zien?'

De Cock maakte een vaag gebaar.

'Dat had volgens mij geen enkele zin. Het is niet te verwachten, dat Ellen van Zoelen exact weet, dat die bepaalde doopbeker tot de zilvercollectie van haar oom Zadok behoort. Bovendien wilde ik bij haar niet de valse hoop wekken, dat wij de verzameling spoedig boven water zouden krijgen.'

Vledder lachte. 'Eén zwaluw maakt nog geen zomer.'

'Precies.'

'Wat denk je van haar verhaal?'

'Over die neef Carry Cornelissen?'

Vledder knikte.

'Ik vind het hoogst opmerkelijk, dat Carry Cornelissen op het station in Utrecht blijkbaar niet door Ellen van Zoelen herkend wilde worden. Zijn gedrag is... ten opzichte van iemand, die je goed hebt gekend... toch vreemd. Het wekt de indruk, dat hij iets heeft te verbergen.'

De Cock ademde diep.

'Als de waarnemingen van Ellen van Zoelen juist zijn... en ik twijfel daar niet aan... dan is die Carry Cornelissen al enige tijd terug in Nederland. Je kunt je dan tevens afvragen waarom hij zich nooit met neef Christiaan in verbinding heeft gesteld.' De grijze speurder zweeg even en plukte aan het puntje van zijn neus. 'Carry Cornelissen zou voor ons een bijna ideale verdachte zijn.'

Vledder trok een denkrimpel in zijn voorhoofd.

'Hoezo?'

De Cock grijnsde.

'Wel, Carry Cornelissen kent de zilververzameling van Zadok van Zoelen en weet veel, zo niet alles, van de schilderijenverzameling van zijn oom Christiaan.' De oude rechercheur stak zijn wijsvinger omhoog. 'En bij beiden had hij een ingang.'

'Je bedoelt, dat noch Zadok van Zoelen, noch zijn oom Christiaan hem de toegang tot zijn woning zou hebben geweigerd.'
De Cock knikte nadrukkelijk.
'Precies. Hij was als neef en oude kennis hartelijk welkom. En dat maakt diefstal wel erg gemakkelijk.'
De vrachtwagen trok op en de file kwam in beweging. Vledder richtte zijn aandacht weer op het verkeer.
Na enige tijd drukte De Cock zich omhoog, keek om zich heen en zag het water van de Amstel. Hij blikte opzij.
'Hoe rijd jij naar de Bernard Zweerskade?' vroeg hij verwonderd.
'Via de Amsteldijk.'
De Cock snoof.
'Waarom ga je niet via Tietjerksteradeel?'

Met een kartonnen doosje onder zijn arm geklemd, keek De Cock naar het zwaar gehavende ovale naambordje en drukte op de bel.
Na luttele minuten werd de deur geopend door een jongeman in een zwarte slobbertrui met een col en een vale spijkerbroek met bleekvlekken. Zijn donkere ogen onder een verwilderde haardos keken met verbazing van De Cock naar Vledder en terug.
'Bent u er alweer?'
De Cock nam beleefd zijn hoedje af.
'Wij wilden nog even met u praten,' sprak hij vriendelijk, 'en u iets laten zien.'
Wladimir Wiardibotjov deed de deur verder open en beduidde de beide rechercheurs hem te volgen. Hij bracht hen opnieuw naar zijn ruime zitkamer en liet hen aan de kale rechthoekige tafel plaatsnemen.
De Cock blikte om zich heen.
'Ik mis uw moeder.'
Wladimir Wiardibotjov knikte.
'Men heeft haar in een verzorgingshuis opgenomen. Het heeft mij heel veel moeite gekost om dat voor elkaar te krijgen. Het is mij uiteindelijk toch gelukt om een ambtenaar van mijn onmogelijke situatie te overtuigen.' Hij zweeg even. 'Het is ook veel beter zo. Ik had het feitelijk al opgegeven en mij met de gedachte verzoend, dat dit ook moeders sterfhuis zou worden. Gelukkig heeft men toch een plaatsje voor haar gevonden. Ze heeft nu de aandacht en verzorging, die ze verdient. Hier kwijnde ze weg.' Hij ademde diep. 'En aan-

staande maandag ga ik weer aan de slag. Ik kon bij mijn vroegere werkgever terugkomen.'
De Cock glimlachte.
'Ik ben blij dat te horen.'
Wladimir Wiardibotjov ging tegenover hem aan tafel zitten. 'Ik heb een beroerde tijd achter de rug,' verzuchtte hij. 'Ik heb zelfs een poosje drugs gebruikt.' Hij keek even grijnzend op. 'Maar dat zult u inmiddels wel te weten zijn gekomen.'
De Cock keek hem schuins aan.
'Afgekickt?'
Wladimir Wiardibotjov knikte.
'Volledig. En het vreemde was... het kostte mij niet eens veel moeite.' Hij glimlachte vermoeid. 'Eén ding weet ik zeker... ik begin er nooit meer aan.' Hij boog zich iets voorover en wees naar het kartonnen doosje, dat De Cock voor zich op tafel had gezet. 'Wat hebt u voor mij meegebracht... een cadeau?'
De oude rechercheur deed het doosje open, nam de beker uit het vloeipapier en hield hem omhoog.
De donkere ogen van Wladimir Wiardibotjov werden groot van verbazing. 'Mijn beker,' riep hij verrast, 'mijn zilveren doopbeker. Hoe is het mogelijk? Hoe... eh, hoe komt u daaraan?'
De Cock fronste zijn wenkbrauwen.
'Uw doopbeker?'
Wladimir Wiardibotjov knikte nadrukkelijk.
'Gekregen van oom Zadok.'
De Cock trok zijn neus iets op. 'Gekregen?' herhaalde hij. In zijn stem beefde ongeloof.
Wladimir Wiardibotjov knikte opnieuw.
'Oom Zadok had een hele verzameling zilveren doopbekers. Toen ik hem ongeveer een maand voor zijn dood weer eens om wat geld vroeg, gaf hij mij die beker en zei: zie maar wat je ervoor maakt.'
'Toen hebt u hem verkocht?'
Wladimir Wiardibotjov schudde zijn hoofd.
'Toen ik thuiskwam liet ik de zilveren doopbeker aan mijn moeder zien en beduidde haar, dat ik die van oom Zadok had gekregen. Daarna wilde ze hem niet meer kwijt. Het ding kreeg plotseling voor haar een enorme sentimentele waarde.'
De Cock zette de beker voor zich neer en tikte met zijn wijsvinger tegen de rand. 'Wij praten toch samen over dezelfde doopbeker?'

'Zeker.'
'Hoe komt die dan in mijn bezit?'
Wladimir Wiardibotjov trok zijn schouders op.
'Dat weet ik niet. Ik weet alleen, dat die zilveren doopbeker plotseling was verdwenen. Moeder en ik hebben hier in huis overal gezocht. Ik denk dat Iwan hem heeft gejat.'
'Wie is Iwan?'
Wladimir Wiardibotjov maakte een hulpeloos gebaar.
'Een jongen uit de drugsscene, die ik heb leren kennen... een verslaafde... van Russische afkomst. Hij werd meestal 'Iwan de Verschrikkelijke' of ook wel 'De Rus' genoemd. Toen die jongen erachter kwam, dat ik Wladimir heette, klampte hij zich aan mij vast. Hij is ook een paar maal hier bij ons in huis geweest. Kort geleden nog.'
De Cock keek hem onderzoekend aan.
'En u denkt, dat deze Iwan de zilveren doopbeker van u heeft gestolen?'
Wladimir Wiardibotjov knikte.
'Maar ik doe tegen die jongen geen aangifte van diefstal. Iwan is een schlemiel... een lamme vogel... geboren op Sint-Galbertsnacht, drie dagen voor het geluk.' Hij schudde zuchtend zijn hoofd. 'En nu moeder niet meer hier in huis is, heb ik ook geen interesse meer in die doopbeker.'
Met precieze bewegingen wikkelde De Cock de zilveren doopbeker in het vloeipapier en deed hem terug in het doosje. De grijze speurder blikte langzaam omhoog. Zijn gezicht stond strak.
'Ik vraag het u heel formeel,' sprak hij ernstig. 'Bezit u verder nog zilveren voorwerpen uit de kunstverzameling van uw oom Zadok?'
Wladimir Wiardibotjov keek hem onbewogen aan.
'U bedoelt te vragen of ik weleens iets van hem heb gestolen?'
De Cock tuitte zijn lippen.
'Zo mag u het formuleren,' antwoordde hij gedragen.
Wladimir Wiardibotjov trok zijn kin op.
'Het antwoord is: nee... duizendmaal nee. Ik heb nooit iets van die man gestolen. En God weet, dat ik daartoe toch dikwijls in de gelegenheid ben geweest. Oom Zadok was niet altijd even zorgvuldig.'
De Cock plukte aan zijn onderlip.
'Hebt u weleens van Marc Chagall gehoord?' veranderde hij van onderwerp.

Wladimir Wiardibotjov knikte.
'Marc Chagall... een zeer veelzijdig kunstenaar... bij zijn leven al een legende. En net als ik... van joods-Russische origine.'
De Cock gebaarde in zijn richting.
'Kent u bewonderaars van Marc Chagall... mensen, die zijn werk verzamelen?'
Wladimir Wiardibotjov glimlachte.
'Die zullen er beslist wel zijn. Maar ik ken ze niet.'
De Cock wreef over zijn kin.
'Hoe vaak hebt u oom Zadok van Zoelen tijdens zijn leven bezocht?'
Wladimir Wiardibotjov woelde met zijn vingers door zijn verwilderde haardos. 'Ik heb het niet bijgehouden. Ik schat zo'n tien, twaalf keer.'
'Hebt u weleens mensen ten huize van uw oom ontmoet?'
Wladimir Wiardibotjov knikte traag.
'Een man, die van die kleine peuterige Japanse beeldjes verzamelde. Froombosch heette hij.' De jongeman schudde grinnikend zijn hoofd. 'Die Froombosch mocht mij niet. En dat stak hij bepaald niet onder stoelen of banken. Zadok, zei hij dan tegen mijn oom... en dat in mijn bijzijn... die jongeman moet je hier niet meer binnenlaten.'
De Cock glimlachte.
'Verder nog?'
Wladimir Wiardibotjov krabde peinzend aan zijn voorhoofd. 'Een knappe assistente, die medicijnen voor oom Zadok bracht... een oudere man, die iets deed met klokken, horloges en pendules... en een man met een zwak Amerikaans accent, die door oom Zadok heel familiaar Carry werd genoemd.'
De Cock fronste zijn wenkbrauwen.
'Carry?'
Wladimir Wiardibotjov knikte.
'Hij deed in verzekeringen.'

Via de Apollolaan, de Churchilllaan, de Vrijheidslaan en de Berlagebrug reden ze terug naar de binnenstad. Het regende nog steeds en er waaide een harde wind. De ruitewissers van de Golf zwiepten heen en weer.
De Cock keek er even naar en schoof toen zijn oude hoedje tot over

zijn ogen. Hij had altijd de onbedwingbare neiging om, net als bij het zien van het tafeltennisballetje, de bewegingen van de ruitewissers met zijn hoofd te volgen.
Vledder blikte opzij.
'Hadden we geen huiszoeking moeten doen?'
'Bij Wladimir?'
'Ja.'
De Cock schoof zijn hoedje iets terug.
'Geloof jij zijn verhaal niet?'
Vledder duimde over zijn schouder naar de kartonnen doos op de achterbank. 'Ik vond dat hij nogal gemakkelijk afstand van die zilveren beker deed.'
De Cock trok zijn schouders op.
'Dat hoef je niet negatief op te vatten. Die zilveren doopbeker stamt uit een minder prettige episode in zijn leven. Misschien dat hij daaraan geen herinneringen wil bewaren.' De oude rechercheur zweeg even. 'Ik moet plotseling denken,' ging hij verder, 'aan de uitdrukking die Wladimir Wiardibotjov gebruikte ten aanzien van de verslaafde Iwan. De schlemiel, zei hij ... geboren op Sint-Galbertsnacht, drie dagen voor het geluk. Ken jij die uitdrukking?'
Vledder schudde zijn hoofd.
'Nog nooit van gehoord. Ik vond het ook een vreemde uitdrukking.'
Hij trok zijn schouders op. 'Ik begrijp de betekenis niet. Wie was Sint-Galbert... welke nacht wordt bedoeld?'*
Verzonken in gedachten reden ze verder.
Na een poosje klapte Vledder met zijn vuist op het stuur. 'Het is toch opmerkelijk,' sprak hij met enige opwinding in zijn stem, 'dat Carry Cornelissen weer opduikt.' Hij keek even opzij. 'We kunnen er toch van uitgaan, dat de Carry met een zwak Amerikaans accent, die Wladimir bij zijn oom Zadok aantrof, de Carry Cornelissen is, die door Ellen van Zoelen op het station van Utrecht werd gezien?'
De Cock knikte traag voor zich uit.
'Dat moet haast wel dezelfde zijn. Volgens Wladimir ging oom Zadok nogal familiaar met hem om.'
'Er is toch iets vreemds met die man,' sprak Vledder geprikkeld. 'Bij zijn neef Christiaan, die vermoedt, dat hij in Amerika vertoeft,

---

* Lieve lezer, ik heb van alles geprobeerd, maar ik ken nog steeds de oorsprong en de betekenis van die uitdrukking niet. Kunt u mij helpen? Graag.

laat hij zich niet zien, door Ellen van Zoelen wil hij niet worden herkend, maar hij komt wel bij oom Zadok op bezoek.'
De Cock maakte een grimas.
'Die kort daarna sterft en zijn kostbare zilvercollectie kwijt is.'
'Kunnen we hem opsporen?'
De Cock trok een bedenkelijk gezicht.
'We hebben geen enkele aanwijzing waar hij zich ophoudt. Dat kan vrijwel overal zijn. Het feit, dat Ellen van Zoelen hem op het station van Utrecht zag, zegt niets over zijn verblijfplaats. Utrecht is het centrale spoorwegknooppunt van ons land.' De oude rechercheur maakte een hulpeloos gebaar. 'We kunnen ook geen opsporingsbericht van hem doen uitgaan. Hij is geen verdachte. Officieel kunnen we Carry Cornelissen nergens van betichten.'
Vledder snoof.
'En aan de dode Christiaan Cornelissen,' sprak hij grinnikend, 'kunnen we niet meer vragen of neef Carry zich ook aan hem heeft gepresenteerd.'
Het Amsterdamse verkeersmonster was hun ditmaal beter gezind dan op de heenweg. Vrijwel zonder oponthoud bereikten ze met de Golf de steiger en stapten uit. De wind was uit het zuidwesten aangewakkerd en joeg van over het water van het Damrak de regen striemend in hun gezichten.
De Cock trok de kraag van zijn regenjas ver omhoog en groette in het voorbijgaan een hem bekende hoer, die acrobatische toeren verrichtte om haar paraplu ondanks de wind in model te houden.
Vledder liep met gebogen hoofd naast hem.
'Als ik nog eens rechercheur word,' bromde hij, 'dan is het in Miami.'
De Cock lachte.
'Dan mis je de geur van de Warmoesstraat.'
'Je bedoelt de stank.'
Toen ze de hal van het politiebureau in liepen, wenkte Jan Kusters hen van achter de balie. De Cock veegde met zijn vlakke hand de regen van zijn gezicht en liep licht geïrriteerd op hem toe.
'Wat heb je nu weer?' vroeg hij snauwerig.
De wachtcommandant grinnikte.
'We hebben er weer een.'
'Wat?'
'Een dooie vent in een maillot.'

12

Vledder parkeerde op de Herengracht aan de wallekant. Een fraai gelijnde rondvaartboot vol toeristen gleed als een statige witte zwaan door het troebele water. De Cock stapte niet direct uit. Hij keek naar een streepje zonlicht, dat ondanks de storm- en regenvlagen heel even speels door het groen van de overhangende bomen prikte en de golfjes bij de boeg deed glinsteren.

Zijn blik bleef de rondvaartboot volgen. Soms bekroop hem de enorme behoefte om Amsterdam ook eens als een toerist te zien en niet eeuwig als een wetshandhaver, voortdurend wroetend in het kwaad.

Vledder bleef naast de Golf staan wachten. Toen het hem te lang duurde, liep hij met grote stappen om de auto heen en deed het portier naast De Cock wijd open. Op het gezicht van de jonge rechercheur lag een trek van verwarring en verbazing.

'Hoe is het?' vroeg hij bepaald onvriendelijk. 'Ben je van plan om hier te blijven overnachten?'

De Cock negeerde de opmerking van zijn jonge collega. Hij stapte uit en Vledder klapte het portier achter hem dicht. Vlak voor een dreunende vrachtwagen staken de beide rechercheurs de rijbaan over.

Bij de blauwstenen trap naar het bordes van een fraai grachtenpand stond een jonge diender. Zijn gezicht kwam De Cock vaag bekend voor, maar hij kon er geen naam bij bedenken.

'Ben jij Jansen?' gokte hij.

De jonge diender lachte.

'Van Houweningen... Hendrik van Houweningen.'

De Cock grijnsde.

'Ik ben slecht in namen,' verontschuldigde hij zich. 'Heb jij om de recherche gevraagd?'

Hendrik van Houweningen knikte nadrukkelijk. Hij duimde over zijn brede linkerschouder.

'Daarboven, in de achterkamer, ligt op de vloer een dode man in een maillot. Ik had van collega's in de wachtkamer gehoord, dat zij in korte tijd al tweemaal een dode man in een maillot hadden aangetroffen en dat zij bij de tweede maal de recherche hadden laten komen omdat ze het niet helemaal meer vertrouwden.' De jonge diender

85

wuifde achter zich. 'Mijn collega en ik vonden het raadzaam om ook nu de recherche te waarschuwen. Driemaal... driemaal is scheepsrecht.'
De Cock glimlachte om deze uitdrukking.
'Zijn er sporen van braak?'
Hendrik van Houweningen schudde zijn hoofd.
'Volgens mij is alles puntgaaf. Niet alleen hier aan de voorkant. De achterkant van het pand grenst aan een mooie diepe tuin. Maar ook daar heb ik geen sporen van braak of verbreking kunnen ontdekken.'
'Zijn jullie met een surveillancewagen?'
'Ja.'
'Wie heeft jullie hierheen gedirigeerd?'
'De wachtcommandant van de Warmoesstraat. Hij had een telefoontje gekregen van een vrouw.'
'Een vrouw?'
Hendrik van Houweningen knikte.
'Een nicht.' De jonge diender grinnikte. 'Een echte nicht. Ze wilde haar oom bezoeken. Tot haar verbazing was de voordeur niet afgesloten... stond op een kier... en vond ze oom dood in de achterkamer.'
De Cock knikte begrijpend.
'Waar is die echte nicht nu?'
Hendrik van Houweningen draaide zich half om.
'Boven, bij mijn collega.' De jonge diender liep een paar treden de blauwstenen trap op. 'Zal ik even voorgaan?'
De Cock knikte.
De beide rechercheurs liepen achter de jonge diender aan naar het bordes en vandaar via een ruime hal en een brede marmeren gang naar een hoog, overwegend in Queen Anne-stijl gemeubileerd vertrek. Twee smalle beregende ramen gaven uitzicht op een groepje oude iepen, waarvan de kruinen zwiepten in de wind.
Naast een ronde biedermeiertafel lag op een lichtblauw tapijt het lichaam van een man met grijzend haar die gekleed was in een nauwsluitende zwarte maillot. Hij lag op zijn rug... zijn benen iets uiteen en zijn armen wijd gespreid. De vingers staken geklauwd omhoog.
Eén enkele blik in het gezicht met de half geloken ogen vertelde De Cock, dat de man reeds geruime tijd geleden was overleden. De oude rechercheur knielde bij de dode neer. Zijn belangstelling gold

de rechteronderarm. Zoals hij verwachtte, ontdekte hij op die onderarm een kleine rode zwelling met in het midden een donker gekleurd punctieplekje.
De oude knieën van de grijze speurder kraakten toen hij overeind kwam. De Cock wendde zich met een ernstig gezicht tot Hendrik van Houweningen.
'Wie... eh, wie zijn er gewaarschuwd?'
De jonge diender keek hem wat verward aan.
'Alleen de geneeskundige dienst om een dokter voor de doodschouw.' Hij blikte om zich heen. 'Meer is toch niet nodig?'
De Cock gebaarde in zijn richting.
'Vraag via de mobilofoon aan de wachtcommandant of hij ook een fotograaf en een man van de dactyloscopische dienst wil waarschuwen.'
Hendrik van Houweningen verliet het vertrek en De Cock keek naar een vrouw, die met een bleek gezicht naast een kabinet tegen de muur geleund stond. De oude rechercheur schatte haar tegen de dertig. Ze droeg een roodlederen mantelpakje, waaronder een witte blouse met volants. Haar donkerbruine haren waren steil, kort geknipt met een pony.
De grijze speurder liep op haar toe, nam beleefd zijn hoedje af en maakte een lichte buiging.
'Mijn naam is De Cock,' sprak hij vriendelijk. 'De Cock met ceeooceekaa.' Hij wees opzij. 'Verderop staat mijn collega Vledder. Wij zijn rechercheurs van politie, verbonden aan het bureau Warmoesstraat.' De grijze speurder glimlachte. 'En u bent?'
De vrouw kwam iets van de muur vandaan. Met haar lichtgroene, zacht fluorescerende ogen keek ze even naar hem op. Om haar mond gleed een vermoeide glimlach.
'Nanette,' sprak ze bijna fluisterend. 'Nanette van Noordeinde.'
De Cock slikte.
'Van Noordeinde?' vroeg hij geschokt.
De vrouw knikte.
'Van Noordeinde,' herhaalde ze zacht.
De Cock wees achter zich naar de dode op de vloer.
'Die... eh, die... eh,' stotterde hij, 'die man daar is uw oom?'
De vrouw knikte opnieuw.
'Nicolaas van Noordeinde.'
De Cock draaide zich om en keek verwilderd om zich heen.

'Zijn verzameling... zijn verzameling klokken, horloges, pendules?'
Nanette van Noordeinde liet haar hoofd iets zakken.
'Weg,' sprak ze hees. 'Ik heb gekeken... er is geen stuk meer in huis.' Ze zuchtte diep. 'Soms kun je aan het stof zien waar ze hebben gestaan.'

Bram van Wielingen zette zijn aluminiumkoffer op het tapijt en keek naar de dode op de vloer. Daarna blikte hij omhoog naar De Cock.
'Moord?' vroeg hij weifelend.
De grijze speurder trok zijn schouders op.
'Misschien,' antwoordde hij achteloos.
De fotograaf keek hem niet-begrijpend aan.
'Hoe bedoel je... misschien?'
'Ik weet het nog niet.'
Bram van Wielingen grijnsde.
'Als jij het niet weet... wat moet ik hier dan doen?'
De fotograaf schudde zichtbaar geërgerd zijn hoofd. 'Of denk je dat het mijn taak is om elke dooie vent te fotograferen?'
De Cock wuifde zijn opmerking weg.
'Maak de foto's die ik nodig heb,' sprak hij streng, 'en laat de rest aan mij over.'
Bram van Wielingen nam zijn Hasselblad uit de aluminiumkoffer en monteerde een flitslamp.
'Zoals je wilt,' sprak hij gemelijk. Hij wees naar het lijk op de vloer.
'Ik zie niets aan die vent.'
De Cock maakte een grimas.
'Je hebt gelijk... er stroomt geen bloed uit.' De oude rechercheur knielde opnieuw bij de dode neer en wees naar de kleine rode zwelling op de rechteronderarm. 'Ik wil ook dat je dit voor mij vastlegt.'
Bram van Wielingen boog zich over hem heen.
'Die muggebult?' vroeg hij verwonderd.
De Cock kwam weer overeind. Zijn gezicht stond strak.
'Die muggebult,' herhaalde hij knikkend.
Bram van Wielingen trok een bedenkelijk gezicht.
'Ik weet niet of dat lukt,' sprak hij tegenstribbelend.
De Cock grijnsde breed.
'Wat je kunt zien... kun je ook fotograferen. Dat weet jij dekselsgoed. Ik wil die... eh, die muggebult... in kleur.'

Bram van Wielingen keek hem een paar seconden aan. Weifelend. Toen bracht hij zijn camera in stelling en flitste in het gelaat van de dode.

De Cock zuchtte. Hij had een dergelijke houding van de fotograaf wel verwacht. Bram van Wielingen was een uitstekend vakman, maar wanneer een misdaad zich niet in volle duidelijkheid manifesteerde, werd hij opstandig. Veel van zijn collega's, zo wist de oude rechercheur uit ervaring, reageerden onder zulke omstandigheden op dezelfde manier. Vaag- en onzekerheden hadden een slechte invloed op hun humeur.

De Cock draaide zich om. In de deuropening van het vertrek stond dokter Den Koninghe. Zijn groen uitgeslagen garibaldihoed stond iets scheef op zijn hoofd. Achter hem torenden twee geüniformeerde broeders van de gemeentelijke geneeskundige dienst met hun brancard.

De Cock liep aarzelend op de kleine lijkschouwer toe. De oude rechercheur was wat verlegen met de situatie. Bij de sterfgevallen van Zadok van Zoelen en Christiaan Cornelissen was het tussen hem en dokter Den Koninghe tot heftige discussies gekomen. De Cock had die discussies als pijnlijk ervaren en wenste ze niet meer. Hij was te zeer op de oude lijkschouwer gesteld en wilde geen verwijdering... geen verkoeling van hun wederzijdse genegenheid.

De Cock drukte dokter Den Koninghe hartelijk de hand en bracht een vermoeide glimlach op zijn gezicht. Daarna wees hij achter zich naar de dode op de vloer. 'Ik vrees,' sprak hij voorzichtig, 'dat ik uw diagnose straks opnieuw in twijfel zal trekken.'

De kleine lijkschouwer keek naar hem op.

'Dat mag,' reageerde hij gelaten, 'dat mag... in alle redelijkheid. Jij hebt je eigen verantwoordelijkheden. En dat geldt ook voor mij.'

Hij liep voor De Cock langs, trok de pijpen van zijn streepjespantalon iets op en knielde bij de dode neer. Nadat hij de half geloken ogen toegedrukt en het lichaam nauwkeurig onderzocht had, nam hij de rechterarm nog eens op en bekeek wederom de kleine zwelling. Na een poosje kwam hij met krakende knieën overeind.

De Cock keek dokter Den Koninghe verwachtingsvol aan, maar vroeg niets.

De kleine lijkschouwer nam zijn metalen brilletje af, trok de witzijden pochet uit het borstzakje van zijn jaquet en poetste zijn glazen. 'Hij is dood,' sprak hij achteloos, 'al vele uren. En het zal je spij-

ten... hij stierf aan een gewone hartverlamming.' Dokter Den Koninghe zette zijn bril weer op en borg zijn pochet weg. Hij gebaarde naar de dode op de vloer. 'En die lichte zwelling op zijn rechteronderarm...'
De Cock onderbrak hem vinnig.
'Ik weet het... een insektebeet.'
Bram van Wielingen liep op De Cock toe.
'Ik heb die dode man van alle kanten gefotografeerd. Ook die muggebult op zijn arm heb ik in kleur. Zijn er verder nog wensen?'
De Cock schudde zijn hoofd.
'Bedankt.'
De fotograaf borg zijn Hasselblad en flitslicht weg, klapte zijn aluminiumkoffer dicht en dreunde de kamer uit. Ben Kreuger, die net binnenstapte, keek hem verwonderd na.
'Wat is er met hem?'
De Cock glimlachte.
'Hij heeft de pest in... denkt, dat hij hier voor tjoema heeft gefotografeerd.'
'Waarom?'
De Cock gebaarde naar de dode op de vloer.
'Aan het lijk is niets te zien. Maar dit is al de derde keer, dat ik een dode man in zo'n mallotige maillot aantref. En steeds blijkt achteraf, dat de kunstverzameling van de overledene op een raadselachtige wijze is verdwenen.' De oude rechercheur grinnikte vreugdeloos.
'Ik kan best met toevalligheden leven... maar bij een teveel aan toevalligheden word ik toch echt achterdochtig.'
De dactyloscoop trok een ernstig gezicht.
'Denk je dat die man is vermoord?'
De Cock schoof zijn onderlip vooruit.
'Daar zijn geen aanwijzingen voor,' antwoordde hij licht geprikkeld. 'De doodsoorzaak is steeds hartverlamming... een hele gewone, uiterst degelijke natuurlijke dood. De vorige keer heb ik tot ongenoegen van alles en iedereen zelfs een gerechtelijke sectie laten verrichten.'
'En?'
De Cock maakte een grimas.
'Niets, totaal niets. Geen enkele aanwijzing voor een gewelddadige dood.'
Ben Kreuger knikte begrijpend.

'Wat verwacht je van mij?'
De Cock wuifde om zich heen.
'Vreemde greepjes. Vingerafdrukken van mensen die hier niet regelmatig over de vloer komen.'
Ben Kreuger glimlachte beminnelijk.
'Ik zal mijn best voor je doen.'
De Cock keek hem dankbaar aan.
'Neem eerst even de vingerafdrukken van het lijk, dan kan ik dat laten afvoeren.'
Ben Kreuger knikte begrijpend. Hij schoof een kaartje in een halfronde metalen houder, smeerde een vingertop van de dode in en bracht – de houder draaiend – de afdruk op het kaartje over.
Nadat de dactyloscoop alle afdrukken van de dode had overgenomen en de vingers had gereinigd, wenkte De Cock de broeders van de geneeskundige dienst naderbij. In een snelle reeks routinehandelingen bonden zij de dode man op hun brancard en droegen hem weg. De Cock keek hen na en vroeg zich af hoeveel lijken hij in zijn lange rechercheleven al op die manier had zien wegdragen. Daarna draaide hij zich om en liep naar Nanette van Noordeinde. Ze stond nog steeds met een bleek gezicht naast het kabinet tegen de muur geleund.
'Droeg uw oom in huis vaak een maillot?'
Nanette van Noordeinde kwam iets van de muur vandaan en schudde haar hoofd. 'Ik heb mijn oom nog nooit in een maillot gezien.' Ze keek met haar lichtgroene ogen even spottend naar hem op. 'Oom Nicolaas had er ook het figuur niet naar.'
De Cock negeerde de opmerking.
'Kwam u dikwijls bij uw oom op bezoek?'
Nanette van Noordeinde maakte een vaag gebaar.
'Niet dikwijls... maar toch wel een of twee maal in de maand.'
'Kwamen er, buiten u, ook andere familieleden op bezoek?'
Nanette van Noordeinde knikte.
'Mijn broer Nabor... Nabor van Noordeinde... een financieel expert. Hij is erg op oom Nicolaas gesteld. Hij behandelt ook zijn geldzaken.'
'Hebt u hem al gewaarschuwd?'
'Nee.'
'U gaat dat wel doen?'
'Zeker.'

'Wilt u dan aan uw broer vragen of hij in de loop van de avond even bij mij aan de Warmoesstraat komt?'
Nanette van Noordeinde knikte weer.
'Moet ik verder nog iets doen?'
De Cock ademde diep.
'U kunt de toebereidselen tot de begrafenis beter aan uw broer overlaten,' sprak hij vriendelijk. 'Daar zijn financiën mee gemoeid.'
Nanette van Noordeinde spreidde haar beide handen.
'Ik bedoel... iets doen inzake die verdwenen klokkenverzameling.'
De Cock gebaarde in haar richting.
'Bestaat er een inventarisatie... een nauwkeurige beschrijving van de verdwenen voorwerpen?'
'Dat weet ik niet.'
'Was de klokkenverzameling verzekerd?'
Nanette schonk hem een vermoeide glimlach.
'Daar was oom Nicolaas mee bezig. Een familielid van een vroegere vriend van hem zou dat verzorgen.'
De Cock kneep zijn wenkbrauwen samen.
'Hebt u in dit verband weleens een naam horen noemen?' vroeg hij voorzichtig.
Nanette van Noordeinde knikte.
'Carry... Carry Cornelissen.'

13

De Cock keek de jonge vrouw geschrokken aan.
'Carry Cornelissen zei u?'
'Ja.'
De oude rechercheur kneep zijn stoppelige wenkbrauwen samen.
'Hebt u,' vroeg hij weifelend, 'die... eh, die Carry Cornelissen weleens ontmoet?'
Nanette van Noordeinde schudde haar hoofd.
'Ongeveer een maand geleden vertelde oom Nicolaas mij, dat een expert hem had gezegd, dat zijn kostbare klokkenverzameling veel te laag was verzekerd. Die expert... ene Carry Cornelissen... had de oude polis van mijn oom meegenomen om de totale som van de verzekering aanmerkelijk te verhogen.' De jonge vrouw maakte een verontschuldigend gebaar. 'Dat is feitelijk alles wat ik weet. Oom Nicolaas zei, dat hij wel vertrouwen in die Carry Cornelissen had. Hij kende hem nog van vroeger. Die Carry was een neef van een zeer goede, inmiddels overleden, vriend.'
De Cock knikte begrijpend.
'Heeft uw oom weleens iets naders over die overleden vriend gezegd... bijvoorbeeld: de wijze waarop die was overleden?'
'Nee.'
De Cock plukte aan het puntje van zijn neus.
'Erft u de bezittingen van oom Nicolaas?'
Nanette van Noordeinde knikte nadrukkelijk.
'Samen met mijn broer Nabor.' Ze zweeg even en vervolgde aarzelend: 'Althans, daar ga ik van uit. Oom Nicolaas heeft altijd beweerd, dat wij beiden in zijn testament staan.'
De Cock keek haar schuins aan.
'Weet uw broer Nabor van die kwestie van de verzekering voor de klokkenverzameling?'
'Ik vermoed van wel.'
'U hebt er niet met uw broer over gesproken?'
'Ik heb er niet zoveel aandacht aan geschonken.' Om haar mond gleed een glimlach. 'Verzekeringen en dat soort zaken interesseren mij maar matig. Oom Nicolaas was een aardige man... jongste broer van mijn vader... buiten Nabor het enige familielid van mij dat nog in leven was. Daarom vond ik het een soort plicht om hem regelma-

tig te bezoeken. Gezellig, een babbeltje, een drankje... met zijn zaken bemoeide ik mij nooit. Dat van die verzekeringen kwam toevallig ter sprake, toen hij mij een pendule liet zien, die hij een dag tevoren op een kunstveiling had gekocht.'
De Cock staarde nadenkend voor zich uit.
'De klokkenverzameling van uw oom bestond toch niet uit louter pendules?'
'Zeker niet,' reageerde Nanette beslist. 'Oom Nicolaas bezat van elk klokketype wel een paar uitzonderlijke exemplaren... staande horloges... Engelse tafelklokken... Drentse stoelklokken... Friese staartklokken... consoleklokken... altaarklokken... en dan zijn prachtige verzameling pendules. Dat was werkelijk zijn trots.'
De Cock wreef over zijn kin.
'In totaal dus een omvangrijke collectie.'
Nanette van Noordeinde knikte instemmend.
'Absoluut... zeer omvangrijk. Oom Nicolaas heeft weleens met het idee gespeeld om de gehele verzameling tentoon te stellen, maar heeft daar nooit een geschikte ruimte voor kunnen vinden.'
De Cock maakte een hulpeloos gebaar.
'Om de verdwenen klokken te signaleren... op te nemen in het Opsporingsblad... zal ik toch over een beschrijving moeten beschikken.'
Nanette van Noordeinde blikte om zich heen.
'Ik vermoed, dat oom Nicolaas hier wel ergens een verzamellijst van zijn klokken heeft. En misschien heeft Nabor wel zo'n lijst. Ik zal hem vragen of hij u die vanavond brengt.'
De Cock strekte zijn wijsvinger naar haar uit.
'Met het adres van die Carry Cornelissen.'
Nanette van Noordeinde glimlachte. 'Geïnteresseerd?'
De Cock knikte nadrukkelijk.
'Hooglijk.' De oude rechercheur zweeg even. 'Hebt u hier, tijdens uw bezoeken, weleens kennissen van uw oom Nicolaas ontmoet?'
Nanette van Noordeinde knikte.
'Een oudere man... Froombosch heette hij.' Er gleed een schaduw over haar gezicht. 'Ik mocht hem niet. Ik vond hem een onsympathieke man. De interesse, die hij in de klokkenverzameling van oom Nicolaas had, irriteerde mij bovenmate. Het was net of hij mijn oom die verzameling niet gunde... of hij die klokken graag aan zijn eigen bezit had toegevoegd.'

'Jaloers?'
'Beslist.'
De Cock keek haar onderzoekend aan.
'Is dat gevoelsmatig... of heeft die Froombosch zich weleens in die zin uitgelaten.'
Nanette van Noordeinde staarde langs hem heen.
'Hij zei eens in mijn bijzijn tegen oom Nicolaas... en dat frappeerde mij: het is eeuwig zonde, man, dat jij die fraaie en zo kostbare klokkenverzameling bezit. Dat zou niet moeten... je hebt er te weinig respect voor.'
De Cock fronste zijn wenkbrauwen.
'Respect?'
Nanette van Noordeinde knikte traag.
'Ja, dat zei hij.'

De Cock daalde de blauwstenen trap van het bordes af en stak de rijbaan over. Aan de wallekant bleef hij naast de Golf staan en nam het fraaie grachtenpand van de overleden Van Noordeinde in ogenschouw. Vooral de sierlijke verhoogde halsgevel had zijn aandacht.
Vledder opende het portier.
'Gaan we terug naar de Kit?'
De Cock reageerde niet. Hij maakte met zijn rechterarm een weids zwaaiende beweging.
'Allemaal kantoren,' sprak hij met enige afschuw. 'Het wordt tijd, dat die mooie oude grachtenpanden weer de functie krijgen, waarvoor zij in vroeger eeuwen zijn gebouwd... om er stijlvol in te wonen.'
Vledder kwam naast hem staan.
'Er zijn de laatste jaren toch al tal van bedrijven uit de grachtengordel verdwenen en naar de rand van de stad verhuisd. Ga eens kijken in het nieuwe Amsterdam-Zuidoost... machtige kantoorgebouwen... spiegelende paleizen.'
De Cock snoof.
'Modern narcisme.'
Het klonk cynisch.
Vledder antwoordde traag.
'Maar beter bereikbaar en zeker doelmatiger dan zo'n oud grachtenpand.'
De Cock schoof zijn oude hoedje iets naar achteren.
'Weet je wat mij bezighoudt... om de omvangrijke klokkenverzame-

ling van die Nicolaas van Noordeinde te vervoeren heeft men toch zeker een flinke vrachtwagen nodig gehad... een vrachtwagen, die geruime tijd hier op die smalle gracht moet hebben gestaan om de gehele verzameling in te laden.'
Vledder keek hem peinzend aan.
'Je bedoelt, dat zoiets in verband met het intensieve verkeer overdag vrijwel niet is te doen.'
De Cock gebaarde voor zich uit.
'Als zo'n opstopping overdag te lang duurt, wordt steevast de politie gewaarschuwd en ik neem aan, dat de man of vrouw die de klokkenverzameling wegnam, niet het risico heeft willen nemen om bij zijn of haar actie de politie te ontmoeten.'
Vledder knikte.
'Er is maar één mogelijkheid... het moet 's nachts zijn gebeurd.'
De Cock krabde zich achter in de nek.
'Met een dode Nicolaas van Noordeinde in zijn maillot als stille getuige.'
Vledder gniffelde.
'Een wel heel stille getuige.'
Ineens kwam er beweging in De Cock. De oude rechercheur stak weer de rijbaan over, liep naar het voor hem rechts aangrenzende grachtenpand en belde aan.
Vledder kwam hem na.
Na enkele minuten werd de zware deur opengedaan door een lange, kalende man in een kakikleurige stofjas.
De grijze speurder nam beleefd zijn hoedje af en bracht zijn beminnelijkste glimlach.
'Mijn naam is De Cock... met ceeooceekaa.' Hij wees opzij. 'En dat is mijn collega Vledder. Wij zijn rechercheurs van politie, verbonden aan het bureau Warmoesstraat. Wij vroegen ons af of aan dit kantoorpand een conciërge is verbonden.'
De man tikte met zijn wijsvinger op zijn borst.
'Dat ben ik. Ik ben hier conciërge.'
'U woont hier ook?'
'Zeker.'
'Alleen?'
De man knikte met een droevig gezicht.
'Mijn vrouw is twee jaar geleden plotseling overleden... hartaanval.'

De Cock liet zijn hoofd even zakken.
'U bent?'
'Goovaarts... Guus Goovaarts.'
De Cock strekte zijn linkerarm uit.
'Kent u uw buren?'
Guus Goovaarts maakte een schuine hoofdbeweging.
'Hiernaast?'
'Precies.'
'Daar woont de heer Van Noordeinde.'
De Cock schudde zijn hoofd.
'Niet meer,' sprak hij triest. 'De heer Van Noordeinde is overleden.'
'Wanneer?'
'Vermoedelijk afgelopen nacht.'
Het gezicht van Guus Goovaarts versomberde.
'Och gunst... die Van Noordeinde was zo'n aardige man. Ik maakte weleens een babbeltje met hem achter in de tuin. Bij het hek. Hij had het altijd over zijn oude klokken.'
De Cock knikte.
'De heer Van Noordeinde bezat een zeer uitgebreide klokkenverzameling... prachtige antieke exemplaren. Deze uiterst kostbare klokkenverzameling is, zo nemen wij aan, vannacht uit zijn woning verdwenen. Voor het vervoer is vermoedelijk gebruik gemaakt van een vrachtwagen... een flinke vrachtwagen. Onze vraag... hebt u gisteravond of vannacht voor langere tijd een vrachtwagen voor de deur van de woning van de heer Van Noordeinde zien staan?'
Guus Goovaarts schudde zijn hoofd. Hij duimde over zijn schouder naar binnen. 'Conciërge zijn in zo'n groot grachtenpand is een slavenbaan. Met mijn vrouw samen ging het nog. Maar alleen... alleen moet je hier de hele dag hard poken om alles goed bij te houden. 's Avonds ben ik in de regel bekaf... kan dan echt geen pap meer zeggen. Ik lag gisteravond ook al om tien uur in mijn bed.'
De Cock glimlachte.
'U hebt niets gezien of gehoord?'
Guus Goovaarts schudde opnieuw zijn hoofd. Ineens kwam op zijn lange magere gezicht een peinzende uitdrukking.
'Er was gisteravond wel iets vreemds.'
De Cock keek hem scherp aan.
'Iets vreemds?'
Guus Goovaarts knikte.

'De heer Van Noordeinde had muziek aan... luid, opwindende muziek.'

De Cock stak de rijbaan over. Hij liep naar Vledder, die al naast de Golf op hem stond te wachten. Het begon weer te regenen. De oude rechercheur trok de kraag van zijn regenjas omhoog en drukte zijn hoedje naar voren. Daarna wees hij achter zich. 'Het belendende perceel aan de andere kant heeft geen conciërge,' riep hij.
Vledder trok een vies gezicht.
'Hoe noem je dat huis ernaast?' vroeg hij niet-begrijpend.
De Cock trok het portier van de Golf open en keek zijn jonge collega over het dak heen aan. 'Een be-len-dend perceel,' sprak hij articulerend. 'Ken je dat woord be-len-dend niet? Heb je nooit verslagen van de plaatselijke brandweer gelezen? Die zorgen er altijd voor, dat bij brand de be-len-den-de percelen gespaard blijven.'
Vledder trok zijn schouders op.
'Stamt zeker uit de middeleeuwen,' bromde hij. De jonge rechercheur trok aan zijn kant het portier open. 'Terug naar de Kit?'
De Cock knikte en stapte in.
'Het moet nogal harde muziek zijn geweest,' opperde hij.
'Hoezo?'
'Die grachtenpanden zijn niet zo gehorig.'
Vledder draaide zich half om en probeerde de Golf in de verkeersstroom te loodsen.
'Waarom zou die man niet eens harde muziek draaien?' vroeg hij achteloos. 'Wat is daar op tegen?'
De Cock schudde zijn hoofd.
'Niets... zolang de buren er geen last van hebben.'
Vledder reed vanaf de Herengracht na het stoplicht de Raadhuisstraat in. Het was er druk. Een sirene loeide en voor hen uit danste het blauwe zwaailicht van een ambulancewagen. Even later zat het verkeer vast.
Vledder stak in wanhoop zijn armen omhoog.
'Daar staan we weer.'
De Cock wees naar de voorruit.
'En verderop ligt waarschijnlijk iemand,' reageerde hij gelaten. 'Er sterven jaarlijks veel meer mensen in het verkeer dan door de misdaad.'
Vledder negeerde de opmerking.

'Toch vreemd,' sprak hij peinzend, 'dat ook nu weer die Carry Cornelissen opduikt!'
De Cock knikte traag.
'Toen Nanette van Noordeinde die naam vanmiddag noemde, moest ik toch even denken aan wat oom Zadok tegen zijn nicht Ellen zei: blijf uit zijn buurt... die jongen deugt niet.'
Vledder grinnikte.
'Maar volgens neef Wladimir Wiardibotjov ging diezelfde oom Zadok toch heel familiaar met de niet-deugende Carry Cornelissen om.'
Voordat de oude rechercheur kon reageren kwam het verkeer weer langzaam in beweging en via de Paleisstraat de Dam, achter het monument om, bereikten ze de smalle Warmoesstraat.
Vledder parkeerde de Golf nabij de ingang van het politiebureau waar nog net een plekje vrij was. De beide rechercheurs stapten uit en glipten, zonder dat Jan Kusters hen opmerkte, de hal door en liepen de trap op naar de tweede etage.
Op de bank bij de deur naar de grote recherchekamer zat een jongeman. Zodra hij de beide rechercheurs in het oog kreeg, stond hij op en wachtte tot ze waren genaderd.
Toen wendde hij zich tot De Cock.
'Ik ben Nabor,' sprak hij licht buigend, 'Nabor van Noordeinde. Mijn zuster Nanette heeft mij gebeld en gezegd, dat ik mij, in verband met de dood van mijn oom Nicolaas, bij u moest vervoegen.'
De grijze speurder knikte en ging hem voor naar de recherchekamer, waar hij hem op de stoel naast zijn bureau liet plaatsnemen. Hij zwiepte zijn hoedje naar de kapstok, miste, maar nam niet de moeite om het hoofddeksel op te rapen. Met zijn regenjas nog aan ging hij achter zijn bureau zitten en nam de jongeman naast zich nauwkeurig op. De Cock schatte hem op begin dertig. Hij was keurig gekleed in een groene trenchcoat, waaronder een donkergrijs kostuum. In zijn donkere haren zat gel, waardoor de scheiding werd geaccentueerd.
De oude rechercheur trok een ernstig gezicht.
'Ik condoleer u,' sprak hij plechtig, 'met het verlies van uw oom.'
Nabor van Noordeinde knikte traag.
'Dank u.'
'Ik heb van uw zuster Nanette begrepen,' ging De Cock op zakelijke toon verder, 'dat u de financiën van uw oom beheerde.'
'Dat klopt.'

'Had u dikwijls contact met uw oom?'
'Vrij geregeld.'
'Wist u, dat uw oom voor zijn klokkenverzameling een nieuwe verzekering wilde afsluiten?'
Nabor van Noordeinde schudde zijn hoofd.
'Dat moet een persoonlijk initiatief van mijn oom zijn geweest. Hij heeft met mij nooit over een nieuwe verzekering gesproken. Hij heeft mij daarover ook geen enkel advies gevraagd.' De jongeman verschoof zich iets op zijn stoel. 'Begrijpt u mij goed: oom Nicolaas stond niet bij mij onder curatele. Ik beheerde zijn financiën omdat oom Nicolaas een hekel aan bankzaken had en ik daarin beter thuis was dan hij. Verder kon oom met zijn geld doen en laten wat hij wilde. Hij behoefde daarvoor aan mij geen verantwoording af te leggen.'
De Cock knikte begrijpend.
'Hebt u uw oom de naam Carry Cornelissen weleens horen noemen?'
Nabor van Noordeinde schudde zijn hoofd.
'Ik heb de naam Carry Cornelissen vanmiddag voor het eerst gehoord uit de mond van mijn zuster. Blijkbaar heeft mijn oom wel met haar over een nieuwe verzekering voor zijn klokkenverzameling gesproken. Ik weet wel, dat oom Nicolaas een vriend had die Cornelissen heette... een verzamelaar van schilderijen, die een paar dagen geleden is overleden.'
De Cock reageerde niet op de opmerking.
Nabor van Noordeinde frommelde in een binnenzak van zijn colbert.
'Ik heb voor u wel een lijst met een omschrijving van de antieke klokken, die oom Nicolaas in zijn bezit had. Die lijst hebben we vorige week samen opgemaakt.'
De Cock nam de lijst van hem aan en borg die in een lade van zijn bureau. Daarna keek hij naar de jongeman op. 'Heeft uw oom weleens het plan geopperd om zijn klokkenverzameling te verkopen?'
Nabor van Noordeinde schudde resoluut zijn hoofd.
'Nooit. Hij zou er nooit afstand van hebben kunnen doen. Die klokken waren zijn lust en zijn leven. Ik heb ooit lachend tegen hem gezegd: oom, je hebt geen hersenen in je hoofd, maar een uurwerk.'
De Cock glimlachte.
'Genoot uw oom een goede gezondheid?'
Nabor van Noordeinde trok een bedenkelijk gezicht.

'Hij had een zwak hart... was al jaren onder behandeling van een specialist... van Sietse Schuringa.'

14

Nadat Nabor van Noordeinde in zijn groene trenchcoat uit de recherchekamer was vertrokken, viel er een diepe stilte. De geluiden van de straat drongen slechts flauw door, gedempt door de regen kwamen ze van heel ver.
De Cock steunde met zijn ellebogen op het blad van zijn bureau en liet zijn kin in het kommetje van zijn handen rusten. Hij keek naar de beregende ruiten en op zijn gezicht lag een sombere trek.
De oude rechercheur maakte zich zorgen. Het derde maillot-slachtoffer had zijn geestelijke weerstand aangetast. Hij voelde zich minder gespannen, minder strijdbaar dan bij vorige zaken, die hij in zijn lange carrière als speurder had behandeld. Zijn gevoel vertelde hem, dat noch Zadok van Zoelen, noch Christiaan Cornelissen, noch Nicolaas van Noordeinde een natuurlijke dood was gestorven. Maar dat gevoel werd gesmoord in de kille, feitelijke constateringen van doodschouwer Den Koninghe en de patholoog-anatoom dokter Rusteloos. Dat verlamde zijn spirit, zijn denken. De Cock vroeg zich af hoe hij zich kon opkrikken... welke middelen hij nog had om te klauteren uit een diep dal van onvermogen.
Het leek alsof Vledder zijn gedachten raadde. De jonge rechercheur zwaaide in zijn richting.
'Je hebt het lijk van deze Nicolaas van Noordeinde niet naar Westgaarde laten afvoeren,' constateerde hij nadenkend. 'Ik bedoel: je hebt het niet in beslag genomen voor het doen van een gerechtelijke sectie.'
De Cock trok zijn hoofd tussen zijn schouders.
'Ik heb er nog wel even over gedacht. Maar het heeft geen enkele zin. Ik weet bij voorbaat de uitslag... hartverlamming.' Hij grijnsde. 'Bovendien zou commissaris Buitendam zich dan terecht afvragen of ik gek was geworden om opnieuw een gerechtelijke sectie te laten verrichten op iemand die een natuurlijke dood is gestorven.'
Vledder keek hem onderzoekend aan.
'Zijn ze dat?'
'Wat bedoel je?'
'Zijn die drie mannen in hun maillot een natuurlijke dood gestorven?'

De Cock reageerde wrevelig.
'Je weet wat dokter Den Koninghe zegt... je weet wat dokter Rusteloos zegt... wat moet ik dan nog?'
Vledder boog zich iets naar hem toe.
'Daar leg je je toch niet bij neer? Jij denkt er toch zelf anders over?'
De Cock ademde diep.
'Ik weet zo langzamerhand niet meer wat ik ervan denken moet,' sprak hij traag, moedeloos. 'Het verbaast mij werkelijk, dat ik nog steeds geen moeie voeten heb... dat de pijn nog niet in mijn kuiten kruipt. Naar mijn idee hebben wij er nog nooit zo hulpeloos en hopeloos voorgestaan als nu.'
Vledder spreidde zijn handen.
'Er moet toch iets zijn?' riep hij geëmotioneerd uit. 'Men kan toch niet meer van toeval spreken, dat telkens wanneer zo'n man een natuurlijke dood sterft, zijn kostbare kunstverzameling is verdwenen?'
De Cock schonk zijn jonge collega een vermoeide glimlach.
'Wat is het dan... moord?' reageerde hij gelaten. 'Een geraffineerde... niet te bewijzen... moord? Zo geraffineerd, dat uiterst bekwame en ervaren mensen als dokter Den Koninghe en dokter Rusteloos tot geen andere conclusie kunnen komen, dan dat de slachtoffers aan een hartverlamming... dus een volkomen natuurlijke dood zijn gestorven?'
Vledder sloeg met zijn vuist op het blad van zijn bureau. 'We moeten zien te bewijzen,' sprak hij krachtig, 'dat zowel dokter Den Koninghe als dokter Rusteloos ongelijk had.'
De Cock grinnikte vreugdeloos.
'Hoe?'
Vledder maakte een hulpeloos gebaar.
'Dat weet ik niet. Jij bent altijd de man van de invallen... de ideeën. En als jij...' De jonge rechercheur maakte zijn zin niet af. Er werd op de deur van de recherchekamer geklopt. Vledder maakte een korzelig gebaar en riep: 'Binnen.'
De deur ging langzaam open en in de deuropening verscheen een heer in een lange groene loden jas en met een jagershoedje op met een pluim. In zijn rechterhand hield hij een wandelstok, waarop hij niet steunde. Kaarsrecht, met lange passen, zwaaiend met zijn wandelstok, liep hij op De Cock toe en ging statig, onuitgenodigd op de stoel naast diens bureau zitten.

De grijze speurder glimlachte. De sombere trek op zijn gezicht was verdwenen. 'Heer Franciscus Froombosch,' riep hij opgetogen, 'wat verschaft ons het genoegen van uw komst?'
De heer keek hem strak aan.
'De dood.'
De Cock, niet in het minst geschokt, wees naar de degenstok in zijn rechterhand. 'En daartegen biedt uw geheime wapen onvoldoende bescherming?' Het klonk spottend.
Franciscus Froombosch klopte driftig met zijn wandelstok op de vloer. 'Ik bedoel,' riep hij kwaad, 'de dood van mijn goede vriend Nicolaas van Noordeinde. Ik wilde hem vanmiddag bezoeken. Ik belde aan en er werd tot mijn verrassing opengedaan door een jonge vrouw in een bespottelijk lederen pakje, die mij ijzig mededeelde dat haar oom Nicolaas van Noordeinde was overleden en dus geen bezoek meer kon ontvangen.'
De Cock tuitte zijn lippen.
'Onheus!'
Franciscus Froombosch snoof. Zijn neusvleugels trilden van boosheid. 'Ik was zo verbouwereerd, zo verrast door haar houding, dat het mij niet lukte om haar adequaat van repliek te dienen. Als een stotterende schooljongen heb ik woorden van condoléance gesproken en ben van haar weggegaan.'
De Cock keek hem verwonderd aan.
'U kende haar toch... Nanette van Noordeinde, de nicht van uw vriend?'
Franciscus Froombosch knikte heftig.
'Zeker ken ik haar. Een eigenwijs nest, die haar oom betuttelde als een onmondig kind. Ik heb in verband met haar weleens tegen Nicolaas gezegd: jouw broer, de vader van dat kind, was beslist van alle pedagogische gaven gespeend.'
De Cock lachte.
'Ik heb van Nanette van Noordeinde ook niet de indruk gekregen dat zij erg op u is gesteld.'
Franciscus Froombosch zwaaide met zijn degenstok.
'Dat is dan wederkerig.'
De Cock negeerde de opmerking.
'Ze was van mening, dat u een... eh, een meer dan gebruikelijke belangstelling voor de kostbare klokkenverzameling van haar oom had.'

Franciscus Froombosch kneep zijn ogen half dicht.
'Wat bedoelde die bliksemse meid daarmee?' riep hij achterdochtig uit.
De Cock trok zijn schouders op.
'U zou gezegd hebben, dat het eeuwig zonde was dat Nicolaas van Noordeinde die fraaie klokkenverzameling bezat. Volgens u toonde uw vriend daar veel te weinig respect voor.'
Franciscus Froombosch knikte nadrukkelijk.
'Dat was ook zo,' reageerde hij opgewonden. 'Ik aanschouw mijn mooie verzameling netsukes met stille bewondering... aanbidding. Maar Nicolaas was heel anders. Hij beschouwde zijn klokken als speeltjes. Soms zette hij op een dag alle uurwerken in gang en ging bij elk heel uur vol plezier naar al dat getingel, getangel, geklok en gebeier luisteren. Begrijpt u... dat bedoel ik... geen respect.'
De Cock glimlachte. Plotseling was wijlen de heer Nicolaas van Noordeinde hem bijzonder sympathiek. Hij hield van mannen, in wie het kind was blijven leven.
De grijze speurder trok zijn gezicht weer in een ernstige plooi en wuifde naar de man naast hem.
'U zou dat nooit hebben gedaan... al die klokken laten spelen?'
Franciscus Froombosch schudde zijn hoofd.
'De mogelijkheid dat een van die oude uurwerken het begeeft, zou mij daarvan weerhouden.'
De Cock knikte begrijpend.
'Toen ik u vroeg wat ons het genoegen verschafte van uw komst, zei u: de dood... de dood van uw goede vriend Nicolaas van Noordeinde.' De oude rechercheur zweeg even. 'Hebt u daaraan nog iets toe te voegen... iets dat voor ons van belang kan zijn?'
Franciscus Froombosch boog zijn hoofd.
'Ik vroeg mij af wat er met zijn klokkenverzameling is gebeurd.'
De Cock keek hem strak aan.
'Die is weg.'
Het gezicht van Franciscus Froombosch versomberde.
'Daar was ik al bang voor,' sprak hij traag knikkend en met een hese stem. 'Daar was ik al bang voor. Drie van ons Klavertje van Vier heeft hij nu al te pakken.' De oude heer keek naar De Cock op. In zijn ogen lag een smekende blik. Met een beverige hand hield hij zijn wandelstok omhoog. 'U hebt gelijk... ik vrees, dat mijn oude degenstok tegen de dood een onvoldoende wapen is. U moet mij hel-

pen... mij beschermen. Ik wil mijn fraaie verzameling netsukes niet kwijt... en bovenal... ik wil niet dood.'

De Cock keek de oude Franciscus Froombosch na toen die met gebogen hoofd, zijn degenstok tikkend tegen de vloer, de recherchekamer uit stapte. Het was de grijze speurder wat vreemd te moede. Was er een gevaar dat de oude man bedreigde? Wat voor een gevaar? En als er al een gevaar was... hoe kon hij hem daartegen afdoende beschermen?
Vledder keek naar de grote klok boven de deur.
'Het is alweer elf uur,' mompelde hij.
De jonge rechercheur blikte naar De Cock.
'Gaan we naar huis?' vroeg hij geeuwend.
De grijze speurder knikte.
'Ga jij maar. Morgenochtend zien we elkaar weer.'
Vledder keek hem verbaasd aan.
'Ga jij niet?'
De Cock schudde zijn hoofd. Hij rolde zijn bureaustoel op wieltjes wat naar achter en stond op.
'Ik heb nog een missie,' sprak hij raadselachtig. 'Een bezoek aan een oude vriend.' Licht waggelend slenterde hij naar de kapstok, wurmde zich in zijn regenjas, pakte zijn oude hoedje op en schoof het achter op zijn hoofd. Zwaaiend liep hij de recherchekamer uit.
Via de Oudebrugsteeg, de Nieuwezijds Kolk, langs het Korenmetershuisje liep hij naar de Nieuwezijds Voorburgwal en stak de rijbaan over. Na een paar steegjes kwam hij op de Blauwburgwal en bereikte via de Heren- en de Prinsenstraat, de Prinsengracht.
Peinzend sjokte hij over het smalle trottoir. Het was stil op de gracht, bijna beangstigend stil. Het geraas van het verkeer was ver weg. Langs de wallekant tussen de bomen scharrelde een eenzame rat.
De Cock merkte hem niet op. De doden in hun mallotige maillots spookten door zijn gedachten. Was het moord... moord zonder vergif... zonder verwondingen... zonder letsel?
Hij stak de rijbaan van de Westerstaat over en liep naar de Noordermarkt. Achter de hervormde kerk, voor een klein huisje met een groot hoog raam, bleef hij staan. Midden op de ruit, in sierlijke krulletters, stond 'Peter Karstens' en daaronder, in letters van veel kleiner formaat, 'schilder-kunstenaar'.
De Cock schoof de mouw van zijn regenjas iets omhoog en keek op

zijn horloge. Het was tien voor half twaalf. Hij gleed met duim en wijsvinger over zijn neusvleugels en grinnikte. 'Een onchristelijke tijd voor een bezoek,' mompelde hij binnensmonds. Toch rukte hij met enig welbehagen aan de glimmend gepoetste koperen trekker. Ver weg, in het inwendige van het huis, rinkelde een bel. De Cock voelde zich niet bezwaard. Hij kende reeds lang de gewoonten van de bewoner en wist dat die meestal tot diep in de nacht in de weer was.

Het duurde nog geen twee minuten, of de deur werd geopend. Een man met donkerblond warrig haar, gekleed in een slobberbroek en een glanzende zwartzijden blouse, keek hem aan. De wenkbrauwen gefronst. Zijn grote bruine ogen glommen van verwondering.

'De Cock,' riep hij verrast. 'Wat haal jij in je hoofd! Dit is toch geen uur om iemand te arresteren?'

De Cock lachte.

'Je moet niet van die akelige dingen zeggen,' sprak hij bestraffend. 'Ik kom gewoon even op bezoek.'

De kunstenaar aarzelde even. Toen maakte hij een lichte buiging en spreidde zijn armen. In zijn blouse met wijde mouwen was dat een sierlijk gebaar.

'Ambtelijk grootinquisiteur... snood en geniepig belager van weduwen, maagden en wezen,' schertste hij breed lachend, 'treed binnen.'

De Cock reageerde niet. Hoofdschuddend stapte hij langs hem heen. Na het voorportaal belandde hij in een hoog, diep vertrek. Het was er schemerig. Het enige licht kwam van een straatlantaarn voor het huis, aan de rand van het trottoir. Het wierp lange schaduwen over ezels met half afgemaakte schilderijen.

Peter Karstens ging De Cock voor naar een trap, die aan het einde van het vertrek draaiend omlaag liep. Na een korte smalle gang kwamen ze in een intieme ruimte met een lage zoldering.

Op een ruwhouten tafel brandden flakkerend een paar kaarsen naast flessen rode wijn en fraai geslepen kristallen bokalen. Twee ervan waren half gevuld.

De Cock keek rond. Plotseling ontdekte hij een jonge vrouw. Hij schatte haar op achter in de twintig. Ze zat schuin op een brede leren bank. In het halfduister had hij haar aanvankelijk niet opgemerkt. Ze was mooi, vond hij, uitzonderlijk mooi. In het schijnsel van het kaarslicht was ze van een bijna serene schoonheid. Haar huid

glansde zacht. Boven een korte zwarte rok met een split droeg ze een ruim geplooide blouse, die haar boezem nauwelijks verhulde. Lang zwart haar golfde over haar halfblote schouders. Toen ze even bewoog, zag De Cock, dat het split in haar rok tot heel hoog reikte. Het maakte hem wat duizelig. Zijn puriteinse ziel raakte bij een dergelijke aanblik altijd wat in de war.
Peter Karstens wees in haar richting.
'Mag ik je even voorstellen... Maria.' De kunstenaar aarzelde. 'Of was ze er de vorige keer ook al?'
De Cock slikte.
'Ze... eh, ze was er de vorige keer ook al,' antwoordde de grijze speurder timide. 'En... eh, ze is nog steeds even mooi.'
Peter Karstens stak zijn armen omhoog.
'Luister,' galmde hij ontroerd, 'een wonder... een absoluut wonder... een ambtenaar met gevoel voor schoonheid.'
In zijn stem trilde een ondertoon van spot.
De Cock ging er achteloos aan voorbij. De spot deerde hem niet. Hij wist dat de kunstenaar voortdurend met de maatschappij in onmin leefde. Peter Karstens was een vrijbuiter, een boekanier met een ontembare kunstenaarsziel, die niet paste in het keurslijf van een geordende samenleving.
Peter Karstens wees naar de flessen op de ruwhouten tafel. 'Een verrukkelijke bourgogne,' riep hij opgetogen. 'Een Savigny-les-Beaune van een gezegend wijnjaar.' De kunstenaar pakte een schoon glas en schonk behoedzaam in. Daarna keek hij op. 'Je drinkt toch een glas mee?'
De Cock knikte nadrukkelijk.
'Graag.'
De schilder zette de fles op tafel terug en ging tegenover hem op de bank zitten. Om zijn mond gleed een zoete glimlach. 'Gewoon op bezoek,' sprak hij spottend. Hij blikte op zijn horloge. 'Een ambtenaar... op dit uur.' Hij schudde zijn hoofd. 'Het spijt me, maar daar geloof ik niet in.'
De Cock reageerde niet direct. Hij pakte zijn glas op en proefde. De wijn was werkelijk voortreffelijk.
'Je weet,' sprak hij met het glas nog in zijn hand, 'dat ik een grote bewondering heb voor schilders van het impressionisme... Monet... Renoir... Cézanne... Toulouse-Lautrec.' Hij zette zijn glas voorzichtig voor zich neer. 'Ik heb kort geleden een man ontmoet,'

ging hij verder, 'die bezeten was van de schilderijen van... Marc Chagall.' De oude rechercheur zweeg even; peilde de reacties op het gezicht van Peter Karstens. 'Hij kocht ze al toen Marc Chagall nog geen naam had gemaakt... nog niet beroemd was. Toen de man stierf hingen er nog steeds schilderijen van Marc Chagall aan de wanden van zijn huis. Zij waren alleen niet echt meer... niet origineel... maar kunstige vervalsingen.'
De grijze speurder zweeg opnieuw. Hij boog zich vertrouwelijk naar voren.
'Peter... wie gaf jou die opdracht?'
De kunstenaar glimlachte.
'Hoe weet je zo zeker, dat ik die valse Chagalls heb gemaakt?'
De Cock plukte aan zijn onderlip.
'Ik weet uit ervaring hoe mooi jouw impressionisten zijn.'
De kunstenaar pakte zijn glas op, keek hem aan, maar antwoordde niet.
Een lichte wanhoop maakte zich van De Cock meester. Hij stak zijn beide handen gespreid naar voren. 'Peter... er sterven op onverklaarbare wijze mannen gekleed in mallotige maillots... en daarna is hun kunstverzameling weg... gestolen. Ik zoek naar de man of de vrouw, die daarvoor verantwoordelijk is.'
Peter Karstens keek hem opnieuw secondenlang aan. Toen, na enige aarzeling, wendde hij zich tot Maria naast hem op de bank. 'Pak even die visitekaartjes,' gebood hij haar.
Maria kwam omhoog en sloeg een been over de rug van de leren bank. Een tweede been volgde. De Cock hield zijn adem in. Verbijsterd keek hij toe en het bloed steeg hem naar het hoofd. Onder haar korte rokje droeg Maria niets. Heupwiegend gleed ze naar een notehouten kabinetje aan de wand. Uit een verticaal vakje nam ze een stapeltje kaartjes en reikte die Peter Karstens aan. De kunstenaar legde de visitekaartjes voor zich op tafel en nam ze stuk voor stuk door.
'Het was een Engelsman,' sprak hij zacht, mijmerend, 'een statige Engelsman met een bijna Amerikaans accent.' Zijn blik verhelderde. 'Hier heb ik het... Sir Stephen Warwick-Benson.'

15

Toen De Cock de volgende morgen meer dan een een uur te laat en met een nog zacht gonzend hoofd van de verrukkelijke Savigny-les-Beaune de grote recherchekamer binnenstapte, keek Vledder naar hem op en strekte zijn rechterhand naar hem uit. 'Ik heb er lang over moeten nadenken, maar ik weet nu bij wie jij gisterenavond nog zo laat op bezoek bent geweest.'
De Cock glimlachte.
'Nou?' reageerde hij uitdagend.
'Bij die vriend van jou... die vreemde kunstenmaker op de Noordermarkt... Peter Karstens.'
De Cock zwaaide afwerend.
'Peter Karstens is geen kun-sten-maker, maar een begenadigd kunstenaar.'
Vledder snoof.
'Een gore vervalser.'
De Cock schudde zijn hoofd.
'Geen vervalser,' verbeterde hij geduldig, 'maar een imitator. Wanneer hem dat vriendelijk wordt gevraagd en de geldelijke beloning voldoende is om er een leuke partij goede bourgognes van aan te kopen, imiteert hij het werk en de stijl van andere kunstenaars... uit welk tijdperk dan ook. En dat doet Peter Karstens op voortreffelijke en zeer kunstzinnige wijze. Ik heb thuis boven het dressoir van hem een Monet hangen, die ik niet voor het origineel zou willen ruilen.'
Vledder lachte smalend.
'Dat doek is niets waard.'
De Cock hield zijn hoofd iets scheef.
'Voor anderen misschien niet,' sprak hij kalm, achteloos. 'Voor mij wel.'
De oude rechercheur zweeg even en ging achter zijn bureau zitten. 'Daarom zal ik je ook even uitleggen,' ging hij op rustige toon verder, 'waarom ik gisterenavond alleen op pad ging. Dat was ten opzichte van jou geen blijk van wantrouwen. Zo moet je dat beslist niet zien. Maar Peter Karstens heeft een gruwelijke hekel aan onze min of meer geordende maatschappij... staat vijandig tegen alles wat naar overheid zweemt en heeft vooral een aversie tegen het gezag.'

Vledder grinnikte.
'Maar jij vertegenwoordigt toch dat gezag?'
De Cock knikte.
'Dat weet Peter Karstens heel goed. Daarover bestaat tussen ons dan ook geen verschil van mening. Ik ben mij er terdege van bewust, dat hij mijn functie als gezagdrager... rechercheur van politie veracht... toch vertrouw ik op zijn persoonlijke vriendschap... op de genegenheid, de waardering, die de kunstenaar ondanks dat voor mij koestert... vandaar mijn eenzame missie. Met jou in mijn nabijheid zou hij mij vermoedelijk niets wezenlijks hebben verteld.'
'En?'
'Wat bedoel je?'
Vledder gebaarde.
'Heeft jouw eenzame missie iets opgeleverd?'
Het klonk wat cynisch.
De Cock bracht zijn handen naar voren en drukte de vingertoppen tegen elkaar. 'De valse schilderijen die in het huis van Christiaan Cornelissen hangen, zijn door Peter Karstens gemaakt.'
Vledder keek hem met grote ogen aan.
'In opdracht van wie?'
De Cock maakte een grimas.
'Een Engelsman... ene Sir Stephen Warwick-Benson.'
Vledder trok een vies gezicht.
'Kennen we die?'
De Cock trok zijn schouders op.
'Voor mij nieuw. Ik heb die naam nog nooit eerder horen noemen.'
Vledder boog zich naar voren.
'Hoe weet je zo zeker, dat de vervalsingen, die Peter Karstens van Marc Chagall maakte, dezelfde vervalsingen zijn, die in het huis van wijlen Christiaan Cornelissen hangen?'
De Cock gebaarde voor zich uit.
'Peter Karstens had van die vreemde Sir Stephen Warwick-Benson... volgens de kunstenaar een Engelsman met een Amerikaans accent... een Frans boek over het werk van Marc Chagall gekregen en daarin waren de schilderijen aangekruist, die Peter Karstens voor die Engelsman moest namaken... vervalsen... kopiëren... imiteren... hoe je het ook noemen wil. Ik heb wel niet zo erg veel ervaring met kunst, maar voor zover ik dat kan beoordelen, waren dat dezelfde schilderijen, die in het huis van Christiaan Cornelissen hin-

gen. Bovendien is dat gemakkelijk te verifiëren. Peter Karstens geeft aan zijn werkstukken altijd een merkteken mee, zodat hij later zijn eigen vervalsingen kan herkennen. Voor alle zekerheid kunnen wij hem de schilderijen in het huis van wijlen Christiaan Cornelissen laten zien.'

Vledder knikte traag.

'Sir Stephen Warwick-Benson,' sprak hij peinzend. De jonge rechercheur proefde de naam op zijn tong. 'Het klinkt heel indrukwekkend... chic, deftig.' Hij keek op. 'Sir' voor de doopnaam is toch een Engelse titel?'

De Cock schoof zijn onderlip naar voren.

'Ik heb mij nooit zo in de Engelse adel verdiept,' antwoordde hij vaag, 'maar volgens mij wordt in Engeland die titel verleend aan iemand, die zich op een of andere manier voor de samenleving bijzonder verdienstelijk heeft gemaakt.'

Vledder grinnikte.

'Waarom komt zo'n man uitgerekend naar ons Amsterdam om schilderijen te laten vervalsen... vervalsingen, die later in het huis van een dode Christiaan Cornelissen worden teruggevonden?' De jonge rechercheur trok een denkrimpel in zijn voorhoofd. 'Zullen we Scotland Yard vragen of ze daar ene Sir Stephen Warwick-Benson kennen?'

De Cock tuitte zijn lippen.

'Laten we daar nog even mee wachten,' sprak hij afwijzend. 'Mogelijk is die naam vals... een verzinsel van een of andere oplichter... misschien heeft iemand zich wel ten onrechte de fraaie titel van Sir aangemeten. Zolang ik daarover geen volledige zekerheid heb, voel ik er weinig voor om onze vrienden van Scotland Yard met een hoop werk op te zadelen.' De grijze speurder strekte zijn wijsvinger naar Vledder uit. 'Probeer Ellen van Zoelen en Wladimir Wiardibotjov te bereiken en vraag of ze zich vanmorgen nog op het hoofdbureau van politie bij de tekenaar van de herkenningsdienst willen vervoegen.'

De jonge rechercheur keek hem verrast aan.

'Waarom?'

De Cock trok zijn gezicht strak.

'Zij zijn de enige twee nog in leven, die wij kennen, die hem ooit hebben ontmoet... Ellen van Zoelen op het station in Utrecht en Wladimir Wiardibotjov ten huize van haar oom Zadok... ik wil een compositiefoto van die duistere Carry Cornelissen.'

Ze liepen vanuit de Warmoesstraat via de Oudebrugsteeg naar de Nieuwendijk. De hemel was zwaar bewolkt, maar het regende niet. De Cock schoof zijn oude hoedje iets naar achteren en blikte opzij.
'Gaan ze?'
Vledder knikte.
'Ik kreeg ze gelukkig gauw te pakken. Ellen van Zoelen en Wladimir Wiardibotjov hebben mij beloofd, dat zij vanmorgen nog naar het hoofdbureau van politie aan de Elandsgracht zouden gaan. Ik heb ook de luitjes van de Herkenningsdienst gezegd dat zij kwamen en wat de bedoeling was.'
'Mooi.'
Vledder keek hem van terzijde niet-begrijpend aan.
'Wat wil je met zo'n compositiefoto?'
De Cock streek met zijn pink over de rug van zijn neus.
'Denk eens goed na... wat zei Wladimir Wiardibotjov van de man, die door zijn oom Zadok heel familiaar Carry werd genoemd?'
Vledder trok zijn schouders op.
'Ik weet niet wat je bedoelt.'
De Cock grijnsde.
'Wladimir zei: die Carry had een zwak Amerikaans accent.' Hij zweeg even voor het effect. 'En wat was volgens Peter Karstens die Sir Stephen Warwick-Benson, die schilderijen van Marc Chagall bij hem bestelde? ...Een Engelsman met een Amerikaans accent.'
De mond van Vledder viel open. 'Jij vermoedt dat Sir Stephen Warwick-Benson en Carry Cornelissen een en dezelfde persoon zijn... dat Carry Cornelissen zich bij Peter Karstens als Sir Stephen Warwick-Benson heeft gepresenteerd.'
De Cock knikte.
'En om dat vast te stellen, heb ik een compositiefoto nodig. Begrijp je, die laat ik dan aan mijn vriend Peter Karstens zien. En als mijn vermoeden juist is, dan denk ik er toch hard over om officieel de opsporing van Carry Cornelissen te verzoeken.'
'Als verdacht van...?'
De Cock gebaarde voor zich uit.
'Diefstal van een kostbare verzameling echte Marc Chagalls.'
'Ten nadele van...'
'Neef Christiaan... de erfgenaam. Ik ga er nog steeds van uit, dat de vervalsingen eerst na de dood van de oude heer Cornelissen voor de echte schilderijen zijn verruild.'

Vledder keek hem vragend aan.
'Zijn we er dan?'
De Cock fronste zijn wenkbrauwen.
'Je bedoelt,' sprak hij ongelovig, 'dat na een eventuele arrestatie van Carry Cornelissen de gehele affaire is opgelost?'
'Ja.'
De grijze speurder schudde resoluut zijn hoofd.
'We missen dan nog de antieke zilververzameling van Zadok van Zoelen en de klokken, horloges en pendules van Nicolaas van Noordeinde.' De oude rechercheur zuchtte diep. 'Bovendien hebben we dan nog lang geen oplossing voor het mysterie van de dode mannen in hun mallotige maillots.'
Vledder grinnikte.
'Tenzij die Carry Cornelissen ook daar de hand in heeft.'
Het gezicht van De Cock versomberde.
'In feite hangt alles af van onze prognose, dat Carry Cornelissen en Sir Stephen Warwick-Benson identieke personen zijn. Er lopen in ons criminele wereldje genoeg mensen rond met een Amerikaans accent. Bovendien is zo'n accent gemakkelijk te imiteren.'
Vledder gebaarde achteloos.
'Laten we eerst de resultaten van die compositiefoto afwachten,' sprak hij gelaten. 'Verder speculeren heeft geen zin. Als Ellen en Wladimir inderdaad vanmorgen naar de Herkenningsdienst komen, dan kunnen we die foto vanmiddag al in ons bezit hebben.'
Ze staken de rijbaan van de Martelaarsgracht over en liepen aan het einde van de Nieuwendijk naar de Haarlemmerstraat. Het begon zachtjes te regenen... een fijne motregen, die op de huid bleef kleven. De Cock schoof zijn hoedje weer naar voren en zette de kraag van zijn regenjas op. De mogelijkheid, dat Carry Cornelissen de opdrachtgever van Peter Karstens was geweest, liet hem niet los.
'Sir Stephen Warwick-Benson... waarom zo'n imponerende naam?' dacht hij hardop. 'Een naam, die hij blijkbaar vaker gebruikt, want hij had die op een visitekaartje laten drukken.'
'Heb je dat visitekaartje gezien?'
De Cock knikte.
'Peter Karstens wilde er geen afstand van doen, anders had ik het meegenomen. Maar ik heb het bekeken. Er stond verder niets op. Geen adres, geen telefoonnummer... alleen die naam.'

Op de Haarlemmerstraat, bij het voormalige gebouw van de Westindische Compagnie, liepen ze links naar de Herenmarkt en slenterden vandaar rechts de Brouwersgracht op. Bij de Korte Prinsengracht namen ze de brug naar de oneven zijde.
De Cock wees voor zich uit.
'Het is volgens mij voorbij de Lindengracht, maar nog voor de Goudsbloemstraat.'
Bij een statig grachtenhuis met een fraaie trapgevel bleven ze staan. De Cock belde. Na enkele minuten werd de deur geopend.
Franciscus Froombosch, gekleed in een kamerjas van felgroen fluweel, zijn onafscheidelijke degenstok in zijn rechterhand geklemd, staarde verbaasd van De Cock naar Vledder en terug.
De grijze speurder glimlachte beminnelijk, nam zijn hoedje af en maakte een beleefde buiging.
'Wij wilden eindelijk eens gevolg geven,' verklaarde hij vriendelijk, 'aan uw uitnodiging om uw verzameling fraaie netsukes te bewonderen.'
Franciscus Froombosch toonde een lichte verwarring.
'Ik... eh, ik ben nog niet geheel gekleed,' sprak hij aarzelend. 'Ik... eh, ik had u op dit vroege uur niet verwacht.'
De Cock lachte.
'Wij nemen met uw kamerjas genoegen.'
Franciscus Froombosch aarzelde nog even, toen deed hij een stap opzij, hield de deur verder open en wuifde uitnodigend. 'Kijk niet naar de bende in mijn huis. Ik ben maar een man alleen en heerszuchtige huishoudsters zijn mij een gruwel.'
De beide rechercheurs stapten langs hem heen naar binnen en bleven in de kleine hal staan, tot Franciscus Froombosch de deur achter hen had gesloten en hun sloffend voorging door een ruime donkere gang. Ongeveer in het midden van die gang opende hij rechts een deur, die toegang gaf tot twee grote kamers en suite. De schuifdeuren met glas-in-lood in Mondriaanse motieven stonden half open.
Franciscus Froombosch liet de rechercheurs plaats nemen in brede armstoelen rondom een ovale tafel met een wijnrood pluche kleed. Het zachte wijnrood vloekte met het felle groen van zijn fluwelen kamerjas.
Franciscus Froombosch nam tegenover De Cock aan tafel plaats.
'U... eh, u komt werkelijk voor mijn netsukes?' vroeg hij met enige argwaan.

De Cock knikte.
'U hebt mij nieuwsgierig gemaakt,' sprak hij enthousiast. 'Voordat ik u ontmoette had ik nog nooit van netsukes gehoord.'
Franciscus Froombosch kwam uit zijn stoel overeind en liep naar een ouderwetse vitrinekast, schuin achter hem. Voorzichtig opende hij een glazen deur, nam uit de kast enige beeldjes en legde die voor De Cock op het pluche tafelkleed.
'Voilá,' riep hij vrolijk, 'netsukes.' Hij boog zich iets naar voren en wees naar een slechts enkele centimeters hoog ivoren beeldje. 'Dat is nu zo'n netsuke uit de Ashikaga-periode, waarvan ik sprak... zo ongeveer tussen 1394 en 1574.' Zijn vinger gleed naar een ander beeldje. 'Deze ivoren netsuke stelt een Hollandse koopman voor... uit de zeventiende eeuw. Hollandse kooplieden stonden destijds hoog in aanzien in Japan. Maar deze netsuke is toch vrij recent. Gemaakt door de beroemde Japanse kunstenaar Bishu en gedateerd 1971. Er is de laatste jaren een levendige handel in netsukes, maar men moet wel oppassen. Er zijn nogal wat vervalsingen in omloop... gegoten beeldjes van hard plastic. Maar die missen vrijwel altijd de gaatjes, waar het koord doorheen moet worden getrokken. Dat schijnt machinaal niet zo best te lukken.'
De Cock beluisterde zijn toon en bewonderde de fijne details op de uiterst kleine sculptures. Zijn blik gleed van de nietige beeldjes omhoog naar het oude gezicht van de heer Franciscus Froombosch en hij zag de stille devotie, die het uitstraalde.
'Uw verzameling is goed verzekerd?'
Franciscus Froombosch knikte traag.
'Maar nooit goed genoeg,' verduidelijkte hij. 'Onder de werkelijke waarde. Het verzekeren van zo'n verzameling levert wel wat moeilijkheden op. Vaak willen verzekeringsmaatschappijen, dat men beveiligende maatregelen treft. En daar voel ik weinig voor. Ik wil mijn netsukes zien... betasten.'
De Cock knikte begrijpend.
'Is er in de afgelopen weken nog iemand bij u geweest om over een mogelijke verhoging van de verzekeringssom met u te praten?'
Franciscus Froombosch schudde zijn hoofd.
'Nee... hoezo?'
De Cock gebaarde achteloos.
'Het is zomaar een vraag.'
Franciscus Froombosch glimlachte.

'Van u... een vraag... zonder reden? Dat kan ik mij nauwelijks voorstellen.'
De Cock negeerde de opmerking. Hij bekeek de beeldjes nog eens en gaf ze daarna voorzichtig, een voor een, aan Franciscus Froombosch terug.
Nadat de oude heer de netsukes in de vitrinekast had uitgestald en weer tegenover hem was gaan zitten, keek De Cock hem schattend aan. 'U bent uiterlijk nog bijzonder vitaal... weerbaar.'
Franciscus Froombosch knikte.
'Gelukkig wel,' lachte hij. 'Er gaat niets boven een goede gezondheid.'
De Cock plukte aan zijn onderlip.
'En die laat niets te wensen over?'
In zijn stem trilde iets van ongeloof.
Franciscus Froombosch spreidde zijn magere handen.
'Ouderdom komt met gebreken,' riep hij opgewekt. Hij tikte met zijn vingertoppen tegen zijn borst. 'Mijn oude hart wil nog weleens protesteren.'
De Cock keek hem strak aan.
'En voor dat protesterende hart bent u onder geneeskundige behandeling?'
'Ja.'
'Bij Sietse Schuringa?'
Franciscus Froombosch reageerde verrast.
'Inderdaad... bij Sietse Schuringa.'
De Cock strekte met een ernstig gezicht zijn rechterhand naar hem uit. 'Franciscus Froombosch,' sprak hij gedragen, 'u hebt al een paar maal tegen mij gezegd dat u uw netsukes wilt behouden en dat u niet dood wilt... wel laat dan nooit iemand u een maillot aantrekken.'

16

De beide rechercheurs slenterden van de Brouwersgracht terug naar de Kit.* De Cock keek met open mond omhoog naar de lucht. Amsterdam was nog steeds verpakt in een gore moltondeken, waaruit een druilerige regen sijpelde. De oude rechercheur bromde: 'Ik had Franciscus Froombosch moeten adviseren om vandaag nog niet te sterven. De hemel zit potdicht.'
Het klonk profaan.
Vledder keek hem van terzijde aan.
'Ga jij ervan uit, dat Froombosch het volgende slachtoffer wordt?'
De Cock knikte traag.
'Als wie dan ook het op het Klavertje van Vier heeft gemunt, dan is hij het laatste blaadje.'
Vledder stak zijn handen omhoog.
'Moeten we hem dan niet beschermen?'
De Cock maakte een schouderbeweging.
'Als Franciscus Froombosch zich aan onze instructies houdt, loopt hij weinig gevaar.'
'Je bedoelt, dat hij ons moet waarschuwen als iemand hem met een maillot benadert?'
'Precies. Als Franciscus Froombosch botweg weigert om een maillot aan te trekken, zal hij voorlopig wel in leven blijven.'
Vledder reageerde verrast.
'Het zit volgens jou in die maillot?'
De Cock zuchtte.
'Ik weet niet waar het in zit... hoe het gebeurt? Ik weet niet meer dan jij. Maar als drie mannen van het Klavertje van Vier in een maillot sterven, dan blijft mij niets anders over dan de vierde man aan te raden om hoe dan ook geen maillot aan te trekken.'
Vledder lachte. 'Zo simpel is het?'
De Cock knikte met een strak gezicht.
'Exact... zo simpel is het.'
Vanaf de Korte Prinsengracht liepen ze de Haarlemmerstraat in. Sinds er geen verkeer meer door die straat mocht, leek het wel een wandelpromenade.

* Zo wordt het politiebureau aan de Warmoesstraat in penozekringen genoemd.

Vledder stootte De Cock met zijn elleboog aan.
'Heb je er weleens over nagedacht, dat die oude, maar nog zo krasse Franciscus Froombosch met zijn vlijmscherpe degenstok voor ons best een redelijke verdachte kan zijn? Hij was bevriend met Zadok van Zoelen, Christiaan Cornelissen en Nicolaas van Noordeinde. Hij kende hun gewoonten, de waarde van hun kunstverzameling en had praktisch vrije toegang tot hen.'
De Cock wuifde wat geïrriteerd.
'Hoe moet hij dat dan hebben gedaan... met zijn degenstok in hun hart geprikt? Jij hebt toch de sectie op Christiaan Cornelissen bijgewoond? Dacht jij, dat dokter Rusteloos een dergelijke verwonding niet had gevonden?'
Vledder antwoordde niet. Hij zweeg. Toen de regen toenam, versnelden ze hun pas. Bijna doorweekt stapten ze de hal van het bureau Warmoesstraat binnen.
Jan Kusters leunde geamuseerd over de balie.
'Jullie zijn aardig nat geworden,' constateerde hij met een brede grijns op zijn gezicht.
De Cock gebaarde om zich heen.
'Als je hier blijft zitten word je niet nat. Maar de vis wordt op zee gevangen.'
Jan Kusters lachte om de oude recherchekreet.
'Er zit boven een jongeman op jullie te wachten. Ik weet niet meer hoe hij heet, maar ik heb hem hier wel meer gezien.'
De Cock nam zijn natte hoedje af en slingerde plagend regendruppels naar de wachtcommandant. Daarna stormde hij lachend de trappen op. Vledder volgde.
Op de bank bij de toegangsdeur van de recherchekamer zat Christiaan Cornelissen in een beige regenjas. Zijn natte blonde haren plakten op zijn hoofd. Toen hij de rechercheurs in het oog kreeg, kwam hij nerveus overeind.
'Ook... ook... ook Nicolaas van Noordeinde is dood en zijn hele klokkenverzameling is weg,' sprak hij struikelend over zijn woorden. 'Net als bij oom Christiaan.'
De grijze speurder reageerde niet direct. Hij vatte de jongeman bij diens arm en loodste hem de recherchekamer in. Daar liet hij hem op de stoel naast zijn bureau plaats nemen. Hij hing zijn natte hoedje en regenjas aan de kapstok en ging achter zijn bureau zitten.
'Hoe kom je aan die wetenschap?' vroeg hij vriendelijk.

Christiaan Cornelissen nam een zakdoek uit zijn broekzak en veegde daarmee zijn gezicht droog.
'Nabor en zijn zuster Nanette zijn gisterenavond bij mij op bezoek geweest... de neef en de nicht van de heer Van Noordeinde. We hebben samen de zaak besproken en zijn tot de conclusie gekomen, dat er parallellen zijn... overeenkomsten tussen de dood van onze ooms.' Hij keek De Cock vragend aan. 'Daar moet u toch uit kunnen komen? Er wordt van u gezegd, dat u een bekwaam rechercheur bent.'
De grijze speurder glimlachte.
'Er zijn momenten, dat ik daar zelf aan twijfel.' Hij boog zich naar de jongeman toe. 'Hebt u al eens iets van uw neef Carry gehoord?'
Christiaan Cornelissen schudde zijn hoofd.
'Ik heb ook geen moeite gedaan om hem te bereiken. Toen een paar jaar geleden oom Crispijn stierf, heb ik werkelijk van alles geprobeerd om hem op te sporen. Ik vond toen, dat hij van de dood van zijn vader op de hoogte moest worden gebracht... mogelijk de begrafenis moest bijwonen. Maar nu...' De jongeman maakte zijn zin niet af. 'Carry was niet zo familieziek.'
De Cock keek hem scherp aan.
'Ze hebben hem gezien.'
Christiaan Cornelissen keek hem verward aan.
'Wie?' riep hij ongelovig. 'Neef Carry?'
'Ja.'
'Waar?'
'Hier in Nederland.'
Christiaan Cornelissen schudde zijn hoofd.
'Dat kan niet,' reageerde hij beslist. 'Dan was hij toch naar mij toe gekomen? Hij weet waar hij mij vinden kan. Ik woon nog steeds in hetzelfde huis... het huis van mijn ouders.'
De Cock schoof zijn onderlip vooruit.
'Misschien bestaat er voor hem een dringende reden om zich niet te laten zien,' suggereerde hij. 'Misschien vindt hij het toch raadzaam om zich voor u schuil te houden.'
Christiaan Cornelissen schudde opnieuw zijn hoofd.
'Onzin. Carry en ik gingen ondanks het verschil in leeftijd vrij goed met elkaar om. Er is pas een breuk gekomen toen hij naar Amerika ging.'
'Om kunstgeschiedenis te studeren.'

'Precies.'
De Cock plukte aan het puntje van zijn neus.
'Hebt u ergens in een oud album nog een foto van neef Carry uit die tijd... ik bedoel: kort voor hij naar Amerika vertrok?'
Christiaan Cornelissen trok een bedenkelijk gezicht.
'Dan zal ik eens op zolder moeten kijken... tussen de oude spullen. Als ik mij goed herinner, dan hielden mijn ouders wel zo'n album bij.'
De Cock glimlachte.
'Wilt u dat eens voor mij nakijken... het liefst op korte termijn? Als het kan... vanmiddag nog? Als u vanmiddag mij zo'n foto aanreikt, heb ik voor u mogelijk een verrassing.'
Christiaan Cornelissen keek hem verward aan.
'Een verrassing?'
De Cock knikte.
'Aan de hand van de gegevens van de mensen, die menen uw neef Carry hier in Nederland vrij recent nog te hebben gezien, wordt er op dit moment een compositiefoto gemaakt. Ik wil u die foto graag tonen voor ik er verder mee op pad ga.'
Er kwam een diepe denkrimpel in het voorhoofd van Christiaan Cornelissen.
'U denkt, dat neef Carry iets met de verdwijning van de echte schilderijen van Marc Chagall te maken heeft en zich daarom voor mij verborgen houdt?'
De Cock knikte traag.
'Ik houd met die mogelijkheid terdege rekening.' De oude rechercheur zweeg even. 'U bent het enige familielid van Carry, dat nog in leven is?'
'Inderdaad.'
'U... eh, u ging als familieleden... als neven... met elkaar om?'
Christiaan Cornelissen glimlachte.
'Ik trok weleens met hem op... beschouwde hem min of meer als mijn grote broer... mocht weleens met hem mee... naar voetballen of hockey. Carry deed veel aan sport.'
De Cock trok zijn wenkbrauwen naar elkaar toe.
'Had Carry ook vrienden... ik bedoel: vrienden van zijn eigen leeftijd?'
Christiaan Cornelissen zette grote ogen op.
'Zeker... Jurgen... Jurgen Jaarsveld.'

De mond van De Cock viel open.
'Jurgen Jaarsveld, de journalist?' herhaalde hij geschrokken.
Christiaan Cornelissen knikte nadrukkelijk.
'Dat was zijn boezemvriend.'

De Cock voelde zich gespannen. Hij vroeg zich af of hij alles goed had georganiseerd... of in de fuik, die hij had opgezet, niet ergens een zwakke plek zat of een scheur. Wilde hij tot een sluitende bewijsvoering komen, dan mocht er niets misgaan. Bovendien begreep hij nog niet wat er zou gaan gebeuren... hoe het precies in zijn werk ging.
Hij keek opzij naar Vledder. In het donker kon hij de contouren van zijn jonge collega slechts vaag onderscheiden. Met hulp van Franciscus Froombosch hadden zij samen de ruime achterkamer totaal verduisterd. Ook de ramen van de schuifdeuren waren afgedekt. Alleen door twee kleine plekken in het Mondriaanse glas-in-lood was het mogelijk om een blik in de goed verlichte voorkamer te werpen.
De Cock had zich opnieuw verzekerd van de hulp van zijn vrienden en collega's Appie Keizer en Fred Prins. De twee doorgewinterde rechercheurs zaten in de laadruimte van een oude bestelwagen, die als observatiepost was ingericht. Vanaf een uitgelezen plek aan de wallekant van de Brouwersgracht hadden ze een goed zicht op het statige grachtenhuis met de fraaie trapgevel. Via de mobilofoon stonden ze in verbinding met Vledder en verder met de centrale post op het hoofdbureau van politie aan de Elandsgracht.
Eventueel kon via de centrale post nog de hulp van de surveillancedienst worden ingeschakeld, maar de oude rechercheur hoopte vurig, dat hij daarvan geen gebruik hoefde te maken. Het liefst knapte hij dergelijke zaken in eigen vertrouwde kring op.
De Cock boog zich iets voorover en keek door een plekje in het glas-in-lood. In de verlichte voorkamer zat aan de ovale tafel in een ruime armstoel de krasse Franciscus Froombosch. Hij was keurig gekleed in een grijs flanellen kostuum. De oude heer had zijn degenstok graag binnen handbereik willen hebben, maar dat had De Cock hem verboden. De grijze speurder wilde niet het risico lopen, dat Franciscus Froombosch daarvan in een noodsituatie gebruik zou maken.
Voor hem op tafel lag een open boek. De oude heer wilde het doen

voorkomen alsof hij rustig zat te lezen, maar De Cock had hem al een kwartier lang geen blad zien omslaan.
Naast Franciscus Froombosch, over de rug van een armstoel, hing een zwarte maillot.
De Cock was de oude heer dankbaar, dat hij hem onmiddellijk ervan op de hoogte had gesteld, dat een koerier hem een pakje had bezorgd, waar de maillot in zat. Vanaf dat moment had de grijze speurder zijn maatregelen kunnen nemen.
Vledder kwam naast hem staan.
'Hoe lang nog?'
De Cock schoof de mouw van zijn colbert omhoog en keek op de verlichte wijzerplaat van zijn horloge.
'Nog een minuut of vijf... als men tenminste op tijd is.'
Vledder hijgde.
'Ben je vanavond ook nog bij Peter Karstens geweest?'
'Ja.'
'En?'
'Het klopt. Hij herkende in de compositiefoto de man, die zich bij hem als Sir Stephen Warwick-Benson had gepresenteerd en voor wie hij de schilderijen van Marc Chagall had gemaakt.'
Vledder snoof.
'Dus toch die Carry Cornelissen?'
'Ja.'
De mobilofoon in de hand van Vledder kraakte en De Cock herkende de stem van Fred Prins. 'Opgepast... daar komt wat. Een grote zwarte Mercedes met het kenteken... Appie, noteer even... XZ 30 DY.' Opnieuw gekraak. 'De Mercedes parkeert aan de waterkant, ongeveer een meter of tien bij ons vandaan. Er stappen een man en een vrouw uit. Ze dragen beiden iets... ik kan het niet goed onderscheiden. Wat de man in zijn hand heeft lijkt op een groot model draagbare radio met dubbele luidsprekers. Ze stappen naar de deur... sluiten.'
Het gekraak van de mobilofoon hield op en in het inwendige van het huis klonk luid een bel.
Door de opening in het glas-in-lood zag De Cock hoe Franciscus Froombosch even schokte, daarna moeizaam overeind kwam en de kamer verliet.
De seconden vergleden langzaam. Franciscus Froombosch verscheen weer binnen hun gezichtsveld. Achter hem aan kwam een

blonde vrouw. Ze zette een zwart gelakt kistje op de tafel en wees naar de man in haar gezelschap. De beide mannen schudden elkaar de hand.

De Cock probeerde iets van het gesprek dat tussen de mannen volgde op te vangen, maar dat lukte niet. Het was net alsof hij door een gekleurd vensterglaasje naar een stomme film keek.

De blonde vrouw nam het initiatief. Zij ging achter Franciscus Froombosch staan en ontdeed hem van zijn colbert. Daarna schoof ze een paar armstoelen opzij en de man in haar gezelschap tilde een groot draagbaar radiotoestel op tafel. Even later klonken de luide en opwindende tonen van een tarantella.

De vrouw nam de zwarte maillot in handen en beduidde Franciscus Froombosch dat kledingstuk aan te trekken.

De Cock zag de wanhopige, smekende blik van de oude heer in de richting van de schuifdeuren gaan. De grijze speurder aarzelde een moment... vroeg zich af hoe lang hij de maskerade nog moest laten voortduren. Toen sprong hij overeind, schoof de deuren open en stormde met Vledder in zijn kielzog naar binnen.

De meeslepende tonen van een wilde tarantella vulden de kamer. Franciscus Froombosch stond trillend en bleek met de zwarte maillot in zijn hand. Verstomd en verstijfd staarden de blonde vrouw en de man naar De Cock, in een dreunende draf. De grijze speurder strekte zijn armen naar hen uit en overstemde het geluid van de tarantella.

'Jurgen Jaarsveld en Monique van Montfoort,' brulde hij, 'ik arresteer u beiden als verdacht van diefstal van kunstschatten... en het opzettelijk veroorzaken van zwaar lichamelijk letsel... de dood ten gevolge hebbende.'

17

Er werd gebeld. Mevrouw De Cock deed open. Op de stoep voor haar woning stonden Appie Keizer en Dick Vledder. Mevrouw De Cock begroette beiden bijzonder hartelijk.
'Zijn jullie maar met z'n tweeën?'
Appie Keizer knikte.
'Fred Prins komt iets later. De commissaris heeft hem een zaak van vrijheidsberoving toebedeeld. Hij was bezig de aangifte op te nemen.'
Met kreetjes van verrukking nam mevrouw De Cock de bos rode rozen aan, die Vledder haar aanreikte. 'Je moet als je op bezoek komt niet steeds van die dure rozen meenemen,' sprak ze bestraffend. 'Dat is helemaal niet nodig.'
Vledder glimlachte.
'Hoe langer ik met uw man optrek,' sprak hij op ernstige toon, 'hoe meer ik u ga waarderen.'
Met de rode rozen tegen haar neus gedrukt, ging mevrouw De Cock de beide rechercheurs voor naar haar gezellig ingerichte woonkamer. De grijze speurder zat lui in een brede fauteuil, pantoffels aan zijn voeten en naast zich een tafeltje met diepbolle glazen en een fles verrukkelijke cognac.
Hij liet de twee jonge rechercheurs tegenover zich op de bank plaats nemen en schonk in, aandachtig en met overgave. De Cock hield van een goed glas cognac en had het genieten daarvan verheven tot een cultus. Hij reikte de glazen aan en mevrouw De Cock bracht uit de keuken schalen vol lekkernijen binnen.
De grijze speurder wendde zich tot Vledder.
'Is Fred Prins er niet?'
De jonge rechercheur schudde zijn hoofd.
'Buitendam kwam met een zaak van vrijheidsberoving aandragen. Een jonge vrouw had haar trouweloze vriend met handboeien en een ketting aan de buizen van de centrale verwarming geketend.'
De Cock lachte.
'Dat komt mij bekend voor.'[*]
Vledder nam een slok van zijn cognac.

[*] *Zie* De Cock en de dode minnaars.

'Is Carry Cornelissen al gearresteerd?'
De Cock knikte.
'Vanmorgen vroeg op Schiphol. Ons verzoek tot opsporing kwam net op tijd. Ook zijn bijna alle kunstvoorwerpen terecht. Een klein gedeelte... een paar antieke horloges en wat antiek zilverwerk... had Carry Cornelissen op het vliegveld bij zich. Daar was ik toch wel blij mee. Het betekent een extra accent aan onze bewijsvoering. De rest van de buit, compleet met de kolossale schilderijen van Marc Chagall, lag allemaal opgeslagen in het huis van Jurgen Jaarsveld.'
Vledder glunderde.
'Een mooi succes. Heb je die Carry Cornelissen al verhoord?'
De Cock antwoordde niet direct. Hij pakte zijn glas en nam een slok van zijn cognac. 'Ik heb de betrokkenen verhoord en ze hebben alle drie een volledige bekentenis afgelegd.' De grijze speurder glimlachte. 'Als deze affaire in de openbaarheid komt, dan wordt het de zaak van het jaar.'
Vledder boog zich met een ruk naar voren.
'Vertel,' riep hij ongeduldig.
De Cock zette zijn glas neer.
'Het begint bij Carry Cornelissen,' opende hij. 'Carry Cornelissen, die op aandrang van zijn vader Crispijn Cornelissen in Amerika kunstgeschiedenis studeert en tijdens zijn studie ontdekt, dat rijke Amerikanen vaak bereid zijn om kostbare kunstwerken te kopen, zonder naar de herkomst te vragen. Dat is de reden, dat hij naast zijn studie kunstgeschiedenis ook begint met de handel in kunstvoorwerpen. Op een dag krijgt hij een schilderij van Marc Chagall in handen en bemerkt tot zijn grote verrassing, dat er fantastische bedragen voor echte schilderijen van Marc Chagall worden betaald. Het maakt hem nieuwsgierig en hebzuchtig en hij herinnert zich de verzameling van zijn oom Christiaan in Amsterdam.
Zijn eerste plan is om de schilderijen gewoon van zijn oom Christiaan te kopen. Het liefst zo goedkoop mogelijk, om er dan later in Amerika een fortuin voor te maken. Maar als hij naar Amsterdam reist en wat informatie inwint, hoort hij van relaties in de kunsthandel, dat zijn oom Christiaan nooit tot verkoop van zijn schilderijen zou overgaan. Dan bedenkt hij een list.'
Vledder zwaaide.
'Vervalsingen,' riep hij enthousiast.
De Cock knikte.

'Vervalsingen ja. Iemand brengt hem in contact met Peter Karstens op de Noordermarkt, die op dat gebied een internationale reputatie geniet. Carry Cornelissen presenteert zich als Sir Stephen Warwick-Benson... een naam, die hij in de kunsthandel in Amerika wel meer gebruikte... en bestelt bij hem imitaties van de schilderijen, die zijn oom Christiaan van Marc Chagall in zijn bezit heeft. Het opmerkelijke is, dat Zadok van Zoelen hem daarbij helpt door in een boek over het werk van Marc Chagall die schilderijen aan te wijzen, waarvan Zadok weet dat ze in het huis van zijn vriend hangen. Veiligheidshalve laat Carry Cornelissen zich niet bij zijn oom, noch bij zijn neef zien en aan Zadok vraagt hij geheimhouding onder het mom, dat hij zich eerst in Nederland als makelaar in verzekeringen een positie wil verwerven voor hij zich bij zijn oom meldt.
De vervalsingen van Peter Karstens brengt hij zolang onder bij zijn oude boezemvriend, de journalist Jurgen Jaarsveld, bij wie hij gedurende zijn verblijf in Nederland ook logeert.
De moeilijkheid voor Carry Cornelissen is, dat hij nu wel in het bezit is van prachtige imitaties, maar dat hij geen mogelijkheid weet te verzinnen om de grote, vaak metershoge vervalsingen ongezien het huis van zijn oom binnen te smokkelen en ze tegen de echte om te wisselen.
Hij bespreekt zijn moeilijkheden met zijn boezemvriend. Bij dat gesprek is ook aanwezig Monique van Montfoort, vriendin van Jurgen Jaarsveld... en assistente van de hartspecialist Sietse Schuringa.'
Vledder grinnikte.
'Dan is het drietal compleet.'
De Cock zweeg even en ademde diep.
'Monique van Montfoort zegt,' zo ging de grijze speurder verder, 'dat Christiaan Cornelissen een ernstige hartpatiënt is en dat er maar weinig voor nodig is om hem te laten sterven. Een kleine extra inspanning van het hart zou reeds voldoende zijn om het tot stilstand te brengen.
Als het drietal het uitgebreide patiëntenbestand van Sietse Schuringa eens onder de loep neemt, ontdekken ze ook andere kunstverzamelaars met ernstige hartklachten... Zadok van Zoelen, Nicolaas van Noordeinde en Franciscus Froombosch... het bekende Klavertje van Vier.
De vraag, die het drietal zich stelde, was... hoe breng je ernstige

hartpatiënten ertoe om hun oude zieke hart extra inspanningen te laten verrichten. Het antwoord dat zij vonden was... laat ze dansen.'
Appie Keizer lachte.
'Dansen?' riep hij ongelovig.
De Cock knikte met een ernstig gezicht. 'Dansen,' herhaalde hij.
De oude rechercheur tastte in de binnenzak van zijn colbert en diepte daaruit een ruw afgescheurd stuk uit een geïllustreerd blad. De oude rechercheur vouwde het open.
'Dit artikel,' sprak hij verklarend, 'heeft enige weken geleden onder de kop NIEUWE HOOP VOOR HARTPATIËNTEN in een bekend Nederlands boulevardblad gestaan. Het is, zoals dat heet, afkomstig van 'een-van-onze-verslaggevers', maar inmiddels weet ik, dat het stuk is opgesteld door de journalist Jurgen Jaarsveld, die het vrij gemakkelijk in het betreffende boulevardblad gepubliceerd kreeg.' De oude rechercheur schraapte zijn keel. 'Ik lees het voor:
Op Schiphol arriveerde gisterenavond uit Londen de vermaarde Engelse hartspecialist Sir Stephen Warwick-Benson. Hij is voor een kort bezoek in ons land om op een medisch congres in Utrecht aan collega's een toelichting te geven op zijn boek *Treatise on Cardiosaltology*. Deze opzienbare publikatie is een verhandeling over de zogenaamde Tarantula-methode welke door de Engelse geleerde wordt toegepast voor het genezen van ernstige hartpatiënten.
Professor Warwick-Benson verraste reeds enkele jaren geleden de medische wereld door zijn behandeling van hartziekten door middel van het gif van de tarantula, een wolfsspin van het geslacht lycosa die in Zuid-Europa voorkomt. De beroemde medicus, die als amateur-historicus een studie van de middeleeuwse medicijnkunde maakt, ontdekte in oude kronieken van het British Museum dat in de veertiende en vijftiende eeuw het gif van de tarantula werd gebruikt voor het genezen van hartkwalen. De behandeling werd gecombineerd met bepaalde bewegingen die het hart het juiste ritme moesten hergeven.
In de 17de eeuw leidde de behandeling, die kennelijk veel succes had, door onbegrip tot uitwassen in de Zuiditaliaanse stad Tarente, of Táranto. De inwoners dachten dat de beet van de tarantula voor de mens gevaarlijk was en dat het gif moest worden uitgezweet door woest te dansen. Dit leidde, volgens de legende, tot ware orgieën waarbij de oorspronkelijke bedoeling van het dansen onbelangrijk was.

In werkelijkheid is het gif van de tarantula voor mensen volkomen ongevaarlijk, maar heeft het, aldus professor Warwick-Benson, een zeer heilzame werking op het hartweefsel.
Enkele maanden geleden was de befaamde medicus voorpaginanieuws doordat hij in het Saint Patrick's Hospital een hartpatiënt reanimeerde die door een collega reeds twee uur tevoren klinisch dood was verklaard. Hij bewees daarmee in de praktijk zijn eerder omstreden theorie dat stilstand van het hart minder vaak tot de dood hoeft te leiden dan algemeen wordt aangenomen. Zijn bewering: teveel mensen worden te snel dood verklaard leidde indertijd tot een storm van protesten die echter na zijn prestatie in het Saint Patrick's Hospital snel ging liggen.'
De Cock vouwde het blad weer dicht. Er werd gebeld. Mevrouw De Cock deed open en even later stapte Fred Prins de huiskamer binnen. Vledder wuifde in zijn richting.
'Je hebt net wat gemist.'
De Cock schonk een glas cognac voor zijn nieuwe gast in en gaf hem het artikel. 'Lees eerst maar, dan gaan we straks verder.'
Fred Prins keek verrast op.
'Dat stuk ken ik. Dat heb ik een paar weken geleden gelezen.'
De Cock grinnikte.
'Lees jij boulevardbladen?'
Fred Prins knikte nadrukkelijk.
'Net als alle Nederlanders... in de wachtkamer bij de tandarts.'
De Cock lachte.
'Dit artikel speelde Monique van Montfoort heel omzichtig in handen van de kunstverzamelaars met een zwak hart en ze liet daarbij doorschemeren, dat ze die beroemde Sir Stephen Warwick-Benson persoonlijk heel goed kende en dat ze wel mogelijkheden zag voor een exclusief privé-consult.
Tevens drukte ze de kunstverzamelaars ieder afzonderlijk op het hart om er met niemand over te spreken... zeker niet met Sietse Schuringa, die ze omschreef als een specialist met verouderde methodieken.'
Fred Prins pakte zijn glas.
'Geraffineerd.'
De Cock knikte.
'Aanvankelijk zou Carry Cornelissen met een aangeplakte baard en snor de rol van de beroemde Sir Stephen Warwick-Benson vervul-

len, maar hij was bang, dat Zadok van Zoelen en zijn oom Christiaan door zijn vermomming heen zouden kijken.'
Vledder knikte begrijpend.
'Jurgen Jaarsveld nam zijn rol over.'
De Cock stak zijn wijsvinger op.
'Het draaiboek voor zo'n privé-consult zat heel goed in elkaar. De pseudo-professor vertelde, dat hij had ontdekt, dat het hartritme in overeenstemming moest worden gebracht met het intrinsieke... het wezenlijke levensritme van het individu. Als daarin discrepanties... tegenstellingen voorkwamen, dan ontstonden er hartstoringen. De beste manier om die tegenstelling in ritmen op te heffen was, volgens de professor, ze te laten samensmelten in de harmonische bewegingen van de dans.'
Fred Prins keek hem verrast aan.
'Als ik jou zo hoor, dan ben ik geneigd om het te gaan geloven.'
De Cock zuchtte.
'Zo was het ook. Ik neem aan, dat zowel Zadok van Zoelen als Christiaan Cornelissen en Nicolaas van Noordeinde blijmoedig hun maillot hebben aangetrokken en zich vrijwillig een beet van de Tarantula apuliae hebben laten toedienen.'
Fred Prins trok een vies gezicht.
'Hoe heet dat beest?'
De Cock lachte.
'De Tarantula apuliae... een schorpioenspin. Een beet van de spin is ongevaarlijk, maar veroorzaakt wel kleine, maar pijnlijke ontstekingen.'
Vledder snoof.
'De insektebeten van dokter Den Koninghe.'
De Cock spreidde zijn handen.
'Ik neem het hem niet kwalijk en in feite had hij gelijk... een insektebeet.'
Fred Prins boog zich naar voren.
'En na de beet van die... eh, die Tarantula apuliae werd er gedanst?'
De Cock knikte traag.
'De tarantella... een opwindende, meeslepende dans, waarbij de verleidelijk schone Monique van Montfoort de hartzieke mannen opzweepte, tot hun heildans eindigde in de dood... danse macabre.'
Mevrouw De Cock keek haar man met grote ogen aan.
'Ongelooflijk,' lispelde ze.

De grijze speurder reageerde niet. Hij schonk zich nog eens in en zuchtte. De lange uiteenzetting had hem wat vermoeid.
Vledder wenkte om aandacht.
'Ik begrijp nu ook waarom Zadok van Zoelen aan zijn nicht Ellen schreef: denk vooral niet te gauw, dat ik dood ben.'
De Cock nam een slok van zijn cognac.
'Dat zei de oude Cornelissen ook tegen zijn neef Christiaan. Het had alles te maken met dat artikel, waarin werd gesuggereerd, dat Sir Stephen Warwick-Benson in het Saint Patrick's Hospital een hartpatiënt had gereanimeerd, die twee uur tevoren reeds klinisch dood was verklaard.' De grijze speurder trok een brede grijns. 'Ik geloof, dat het tijd wordt, dat ik boulevardbladen ga lezen.'
Het gesprek werd algemener en de drie dode mannen in hun mallotige maillots raakten wat op de achtergrond.
Nadat de gasten op een nog redelijk uur waren vertrokken, trok mevrouw De Cock een poef bij en ging recht voor haar man zitten.
'Ik begrijp het niet goed,' sprak ze zorgelijk, 'die drie slachtoffers... die kunstverzamelaars... dat waren toch geen domme mannen?'
De grijze speurder schudde zijn hoofd.
'Dat waren ze ook niet,' antwoordde hij ernstig. 'Integendeel. Maar het feit, dat de medische wereld nog steeds geen afdoende antwoorden heeft op de vraagstukken van kanker, aids, hartziekten, reuma, multiple sclerose en tal van andere aandoeningen, maakt de mensen wantrouwend tegenover de traditionele geneeskunde. Men zoekt naar alternatieven... en dat geeft charlatans een kans.'

18

Vledder keek nieuwsgierig toe hoe De Cock uit een lade van zijn bureau een zwart gelakt kistje nam met gaatjes in het deksel.
'Wat ga je daarmee doen?'
De Cock grinnikte.
'Wat traditiegetrouw iedere Amsterdammer doet met een exotisch dier... hij brengt het naar Artis.'
Vledder glimlachte.
'De Tarantula apuliae,' sprak hij neerbuigend, 'een schorpioenspin... wat een humbug.'
De Cock keek naar hem op en schudde zijn hoofd.
'Dat artikel van Jurgen Jaarsveld was journalistiek gezien best een goed staaltje van vakmanschap.' De oude rechercheur tikte met zijn wijsvinger op het deksel van het kistje. 'Deze Tarantula apuliae is genoemd naar de stad Tarente of Táranto. Je vindt haar aan de Golf van Tarente in de hiel van de Italiaanse laars. Wanneer men door deze schorpioenspin was gestoken, dan meende men, dat men de gevolgen daarvan door een wilde dans kon afwenden... die dans werd de tarantella genoemd. Vaak groeide zo'n dans van een enkeling uit tot een algehele ziekelijke danswoede... tarantisme. In de middeleeuwen braken heel dikwijls spontane dansextases uit... pathologisch-extatische toestanden waardoor hele mensenmassa's getroffen werden en men danste tot de dood erop volgde.'
De Cock nam een kartonnen doosje uit een andere lade van zijn bureau en zette het naast het kistje.
Vledder wees ernaar. 'En wat ga je daarmee doen?'
De Cock glimlachte.
'Smalle Lowietje heeft afstand van die zilveren doopbeker gedaan. Zonder een aangifte van Wladimir kan ik tegen Iwan de Verschrikkelijke niets ondernemen. Ik breng de beker naar het verzorgingshuis.'
De blik van Vledder verhelderde.
'Naar de moeder van Wladimir Wiardibotjov... die er zo gek mee was?'
'Precies.'
'Mag ik mee?'
De Cock keek op.

'Als je geen boe roept.'
Vledder grinnikte.
'Dat hoort een doof mens toch niet.'
De Cock schudde zijn hoofd.
'Ze is niet doof. Volgens Wladimir hoort ze alleen geen dingen die ze niet wil horen. En dat is geen kwaal, maar een... Oostindische wijsheid.'

BAANTJER

De Cock en 't wassend kwaad

De Cock (met ceeooceekaa) houdt voor rechercheurs in opleiding, tussen de bedrijven door, wekelijks een praatje over zijn visie op het recherchewerk. In een opgewonden discussie citeert een van de studenten de regel van Joost van den Vondel: 'Men smoore 't wassend quaet bijtijds in zijn geboorte...'
De Cock denkt aan de vroegere woning van Vondel, een kousenwinkel.
In deze policier worden lijken gevonden van mensen die ogenschijnlijk allen zijn gewurgd met een panty. De lugubere vondsten stellen rechercheur De Cock en zijn assistent Vledder voor raadsels. Uiteindelijk legt hij het verband tussen de kous en de panty, niet wetend hoe dicht hij dan bij de oplossing van deze moorden is.

BAANTJER

De Cock en het roodzijden nachthemd

Een vrouw stuurt vanuit een ziekenhuis een ongewone brief aan rechercheur De Cock (met cee-oo-cee-ka). Hij besluit op haar uitnodiging in te gaan en neemt zijn rechterhand Vledder mee.
In het ziekenhuis worden zij op een onverwachte en onaangename wijze verrast. Een man met een grote snor is hen voor geweest: de vrouw is dood.
Dit incident leidt tot een op het eerste gezicht onontwarbare kluwen van misdaden, waarbij dode vrouwen in roodzijden nachthemden op een macabere wijze worden aangetroffen. Voor de twee rechercheurs een zaak die onoplosbaar lijkt.

BAANTJER
De Cock en moord bij maanlicht

In Amsterdam vestigt zich, in een pand van een voormalige drukkerij, de sekte *De Zoekers van Osiris*. Niet lang daarna wordt op de Kalkmarkt een psychiater geliquideerd. De sekte en de moord lijken met elkaar te maken te hebben. Althans, rechercheur De Cock (met ceeoooceekaa) en zijn assistent Vledder worden in die denkrichting geduwd. Zéér tegen de wens van De Cock in, wordt de BVD (Binnenlandse Veiligheids Dienst) bij de zaak van de psychiater betrokken. Waarom? De psychiater had ministers onder zijn patiënten...
Het wordt een ingewikkelde kwestie, die Vledder doet opmerken: 'Waarom raken wij altijd in van die bizarre zaken verwikkeld?'

BAANTJER

De Cock en de geur van rottend hout

Op een regenachtige morgen meldt een vrouw van achter in de dertig zich aan het Bureau Warmoesstraat. Zij vertelt aan rechercheur De Cock (met ceeoooceeka) dat haar man, de directeur van een im- en exportbedrijf, is verdwenen. Meer nog dan deze kwestie, maakt de vrouw indruk op de oude rechercheur en diens assistent Vledder, vanwege de erotische geur van haar parfum.
Bedwelmd of niet, de rechercheurs raken al snel betrokken bij de harde realiteit van de misdaad. In een verlaten loods aan de Rigakade wordt een man aangetroffen, die gedood is met een nekschot. De uitspraak van Vledder: 'Nu zitten we weer tot onze nekharen in de ellende', wordt alras bewaarheid als de kring van verdachten zich met de dag begint uit te breiden.

BAANTJER

De Cock en een dodelijk rendez-vous

Rechercheur De Cock (met ceeooceeka) van het aloude politiebureau aan de Amsterdamse Warmoesstraat raakt op een late avond met zijn medewerker Vledder betrokken bij een moord op de Wallen. Al speelt deze misdaad zich af in de voor De Cock o zo vertrouwde buurt, met getuigen als Smalle Lowietje, Witte Gijssie en Brabantse Truus binnen handbereik, toch duurt het lang voor hij enige klaarheid over deze moord kan verschaffen, een moord die niet op zichzelf staat, maar het begin is van wat wel op een moordepidemie lijkt.

De volgende boeken van Baantjer zijn bij de Fontein verschenen:

1	1963	De Cock en een strop voor Bobby
2	1965	De Cock en de wurger op zondag
3	1965	De Cock en het lijk in de kerstnacht
4	1967	De Cock en de moord op Anna Bentveld
5	1967	De Cock en het sombere naakt
6	1968	De Cock en de dode harlekijn
7	1969	De Cock en de treurende kater
8	1970	De Cock en de ontgoochelde dode
9	1971	De Cock en de zorgvuldige moordenaar
10	1972	De Cock en de romance in moord
11	1972	De Cock en de stervende wandelaar
12	1973	De Cock en het lijk aan de kerkmuur
13	1974	De Cock en de dansende dood
14	1978	De Cock en de naakte juffer
15	1979	De Cock en de broeders van de zachte dood
16	1980	De Cock en het dodelijk akkoord
17	1981	De Cock en de moord in seance
18	1982	De Cock en de moord in extase
19	1982	De Cock en de smekende dood
20	1983	De Cock en de ganzen van de dood
21	1983	De Cock en de moord op melodie
22	1984	De Cock en de dood van een clown
23	1984	De Cock en een variant op moord
24	1985	De Cock en moord op termijn
25	1985	De Cock en moord op de Bloedberg
26	1986	De Cock en de dode minnaars
27	1987	De Cock en het masker van de dood
28	1987	De Cock en het lijk op retour
29	1988	De Cock en moord in brons
30	1988	De Cock en een dodelijke dreiging
31	1989	De Cock en moord eerste klasse
32	1989	De Cock en de bloedwraak
33	1990	De Cock en moord à la carte
34	1990	De Cock en moord in beeld
35	1991	De Cock en danse macabre
36	1992	De Cock en een duivels komplot
37	1991	De Cock en de ontluisterende dood
38	1992	De Cock en het duel in de nacht
39	1993	De Cock en de dood van een profeet
40	1993	De Cock en kogels voor een bruid
41	1994	De Cock en de dode meesters
42	1994	De Cock en de sluimerende dood
43	1995	De Cock en 't wassend kwaad
44	1995	De Cock en het roodzijden nachthemd
45	1996	De Cock en moord bij maanlicht
46	1996	De Cock en de geur van rottend hout
47	1997	De Cock en een dodelijk rendez-vous
48	1997	De Cock en tranen aan de Leie
49	1998	De Cock en het lijk op drift
50	1998	De Cock en de onsterfelijke dood
51	1999	De Cock en de dood in antiek
52	1999	De Cock en een deal met de duivel
53	2000	De Cock en dood door hamerslag
54	2000	De Cock en de dwaze maagden
55	2001	De Cock en de dode tempeliers

Andere titels van Baantjer:
Rechercheur Versteegh en de dertien katten
Misdaad in het verleden
Een Amsterdamse rechercheur
Rechercheur Baantjer van Bureau Warmoesstraat vertelt, deel 1 t/m 10

Verkrijgbaar bij de boekhandel